CARRÉS CLASSIQUES

Collection LYCÉE dirigée par
Sophie Pailloux-Riggi
Agrégée de Lettres modernes

Voltaire

Zadig ou la Destinée

1748

texte intégral

Édition présentée par
Guy Palayret
Agrégé de Lettres modernes

Nathan

sommaire

Contextes

Lire *Zadig*

Relire *Zadig*

ISBN 978-2-09-188548-3

Dossier central images en couleurs

sommaire

Qui est Voltaire en 1747-1748 ?

Voltaire a cinquante ans en 1744. Il évoque cet anniversaire d'un ton désabusé dans une lettre : « un assez f... u quantième », dit-il à son correspondant. Il a, certes, des soucis de santé ; cependant, tout ne va pas si mal pour lui !

Voltaire et la Cour

Depuis 1743, Voltaire a progressivement retrouvé du crédit auprès du roi Louis XV, après des années de disgrâce. Deux circonstances ont contribué à ce retour. Le comte d'Argenson, son ancien condisciple au lycée Louis-le-Grand, est nommé ministre ; et madame de Pompadour, favorable aux Lumières et plutôt bien disposée à l'égard de Voltaire, devient la favorite du roi en 1745. En outre, les liens qu'il entretient avec Frédéric II, nouveau roi de Prusse depuis 1740, font de lui un médiateur diplomatique potentiel entre les deux pays. Les conditions sont réunies pour permettre à Voltaire de jouer un rôle important. En deux ou trois ans, sa carrière de courtisan connaît en effet une ascension remarquable : il effectue une mission auprès de Frédéric II ; obtient la charge d'historiographe du roi (chargé d'écrire les faits mémorables du règne), et est élu à l'Académie française. Tout semble lui sourire...

« Une ascension remarquable... »

Mais sa situation est fragile. Ses idées inspirent toujours la méfiance, son tempérament ne s'accommode guère de la servilité courtisane ; une affaire mal engagée au plan judiciaire, qu'il s'entête à poursuivre par orgueil, ternit son image dans l'opinion. Des imprudences le compromettent à la Cour et réveillent les suspicions dans un milieu qui ne l'a accueilli qu'avec circonspection. Des rumeurs de disgrâce circulent....

Voltaire et l'amour

Si la vie de Voltaire est animée côté Cour, elle l'est aussi côté cœur. Depuis 1734, il est l'amant d'Émilie du Châtelet, une femme qui fait figure d'exception en son temps. Aristocrate ayant reçu une excellente éducation, mariée à un homme souvent absent, qui guerroie au loin pour le compte de Louis XV, elle cultive passionnément le goût des sciences. Elle s'intéresse particulièrement aux travaux de Newton, qu'elle traduit en français, et à Leibniz, le philosophe allemand qu'elle fait découvrir à Voltaire.

Elle héberge ce dernier dans son domaine de Cirey, en Lorraine, après sa disgrâce en 1734 suite à la publication des *Lettres philosophiques*. Pendant dix ans environ, tous deux vivent une relation féconde, s'enrichissant mutuellement de leurs talents. Mais si l'admiration intellectuelle réciproque subsiste, la passion s'étiole. On sait aujourd'hui que Voltaire entretenait secrètement dès 1745 une relation avec sa nièce, Madame Denis. En 1748, il découvre qu'Émilie a elle-même un nouvel amant…

Voltaire et *Zadig*

Ce contexte agité, à la fois sur le plan public et sur le plan privé, trouve un écho certain dans *Zadig*, écrit à ce moment. Prenant ses distances avec la Cour, Voltaire séjourne à deux reprises chez la duchesse du Maine, au château de Sceaux, en automne 1746 et 1747. Son hôtesse, princesse de haut rang, vit à l'écart de la Cour, recevant hommes de sciences et de lettres dans sa demeure. C'est à son intention, pour la distraire, que, selon la tradition, Voltaire compose *Zadig*, et lui en fait lecture chaque nuit, après souper. On sait à coup sûr qu'une première version de 15 chapitres intitulée *Memnon, histoire orientale* paraît en Hollande en 1747, sans nom d'auteur; elle a été lue vraisemblablement à la duchesse en 1746 et publiée, sur sa suggestion, en tirage restreint. Une nouvelle version remaniée et augmentée, avec le titre et sous-titre définitif, *Zadig ou la Destinée, Histoire orientale*, est éditée en France sous le contrôle de Voltaire l'année suivante (1748). Il est probable que sa rédaction date du second séjour à Sceaux. Plusieurs éditions suivront avec des modifications apportées par l'auteur jusqu'en 1756.

« … mais des relations compliquées. »

Après la mort de Voltaire paraît en 1784 une version intégrant deux chapitres inédits, *La danse* et *Les yeux bleus*, qui figurent aujourd'hui en appendice des éditions contemporaines (voir p. 100-107). ■

Un moment charnière dans le règne de Louis XV

La fin d'une période

Zadig est écrit au milieu d'une période charnière de l'histoire du règne de Louis XV. En 1743, la mort du cardinal de Fleury, précepteur du roi devenu Premier ministre en 1726, marque la fin d'une longue période de stabilité gouvernementale en partie due à la confiance qu'avait Louis XV en celui qui l'avait éduqué. Le roi, qui a joui d'une grande popularité au début de son règne, bénéficie encore d'une opinion largement favorable, malgré une vie privée tumultueuse. La situation économique s'est relativement équilibrée, et la forme de gouvernement est acceptée dans l'ensemble.

« 1745 : Mme de Pompadour arrive. »

La guerre de succession d'Autriche (1740-1748), ponctuée de quelques victoires militaires, contribue aussi à son prestige. Voltaire, devenu courtisan, ne manque pas de célébrer dans un poème celle de Fontenoy en 1745, l'année même où il est nommé historiographe. Son retour en grâce et ses liens privilégiés avec Frédéric II, le roi de Prusse engagé comme allié de la France au début de cette guerre, lui valent aussi de jouer un rôle d'intermédiaire diplomatique, sans grand succès.

Un moment de basculement

La mort de Fleury ouvre une période de rivalités entre différents partis qui intriguent et cherchent à prendre l'ascendant sur le roi : parmi eux, celui des frères d'Argenson qui ont permis à Voltaire de rentrer en grâce. L'instabilité, devenue la règle, contribue à dégrader l'image du règne, accentuée par la dérive, réelle ou supposée, de la personne du roi, discréditée par les excès de sa vie privée. Au début des années 1750, des réformes avortées vont mécontenter les populations, contribuant à ternir l'image du souverain.
L'année 1745 est marquée par l'arrivée d'une nouvelle favorite, Madame de Pompadour, dont le rôle politique sera déterminant, mais qui s'attire bientôt la haine de l'aristocratie et celle du peuple. On ne lui pardonne pas, pêle-mêle, ses origines bourgeoises, son train de vie, ses rapports avec les milieux financiers, son intérêt pour les idées nouvelles,

son influence sur le roi, dont elle protège les débordements sexuels…

La fin de la Guerre de Succession d'Autriche (1748) donne lieu à un traité où la France, malgré ses succès, n'obtient rien, à la différence de la Prusse de Frédéric II, qui monte en puissance. Cette issue déconcerte et mécontente l'opinion qui a l'impression qu'on a « travaillé pour le roi de Prusse », expression entrée dans la langue courante et qui serait peut-être née à cette occasion. L'ensemble de ces éléments va contribuer à diminuer rapidement le crédit de la monarchie.

Voltaire à la croisée des chemins

La période où Voltaire écrit *Zadig* coïncide avec ces années critiques. Il pense sans doute pouvoir se rendre utile dans la nouvelle donne, après des années d'exil, mais sa position est difficile malgré ses appuis : Louis XV se méfie de lui. Le conte porte les traces de ce moment de rupture, qui n'a pas encore véritablement produit ses effets. Ceci peut expliquer la tonalité ambiguë du récit. D'un côté, on y retrouve l'espérance de Voltaire de jouer un rôle important, avec l'arrivée de nouveaux dirigeants et d'une favorite acquise aux idées nouvelles, de dessiner le modèle d'un bon gouvernement, ouvert aux Lumières ; de l'autre, la précarité de cette situation, la déception dans l'exercice de ses fonctions, et même, sous forme d'une anticipation quasi prémonitoire, l'exemple d'un souverain qui se laisse corrompre par ses passions privées et perd l'estime de son peuple.

« Un souverain qui perd l'estime de son peuple. »

Peu après la parution de *Zadig*, Voltaire, à nouveau en disgrâce, rompt définitivement avec le régime de Louis XV et tente une aventure, encore moins réussie, auprès de Frédéric II de Prusse, qui mettra un terme à son rêve politique. Ces deux expériences malheureuses cumulées le mèneront dans la dernière partie de sa vie vers la retraite de Ferney et la sagesse pessimiste de *Candide* (1759). ■

Du conte oriental au conte philosophique

Si *Zadig* n'est probablement pas le premier conte écrit par Voltaire, il est le premier à être publié, et certainement le plus important, en longueur comme en complexité, avant *Candide*.

L'Orient : une construction de l'Occident

Zadig est sous-titré *Histoire orientale*. C'est en effet dans le cadre de l'Orient que Voltaire situe son récit. Les lieux (Babylone, L'Egypte, l'Arabie), les personnages, les références (Zoroastre), tout concourt à ancrer le récit dans cet espace à la fois imaginaire et fascinant. Depuis le début du siècle, l'engouement pour l'Orient, déjà palpable au XVIIe siècle, est à son comble, après la traduction des *Mille et Une Nuits* par Antoine Galland (1704-1717). D'autres traductions suivent, sans compter les pseudo-récits orientaux, écrits en réalité par des contemporains. Cette vision reste très essentiellement centrée sur les aspects romanesques de ces récits : histoires d'amour passionnelles, coutumes étranges, parfois cruelles... L'Orient est un espace fantasmatique qui laisse libre cours à l'imagination. Mais rapidement, d'autres représentations apparaissent.

« L'Orient, un cadre rêvé. »

Montesquieu, par exemple, publie les *Lettres persanes* qui témoignent d'une réappropriation de cette mode orientale par un auteur soucieux de dépasser le simple attrait pour l'exotisme, le pur plaisir du dépaysement.

1694	1733	1734	1739	1743
Naissance de François Marie Arouet (Voltaire)	Début de la liaison avec Madame du Châtelet	*Lettres philosophiques*	Rédaction de *Micromégas*	Voltaire courtisan et chargé de mission diplomatique
				Début du règne de Louis XV

contexte littéraire

S'il sacrifie au goût du public pour les histoires de harem, il invite aussi à un échange de regards entre deux mondes profondément différents, qui permet une prise de distance et de conscience. L'Orient devient alors un miroir qui nous renvoie notre image perçue sous un angle inédit.

Voltaire et l'Orient

Voltaire n'échappe pas au phénomène : son intérêt pour l'Orient est lié aux recherches qu'il entreprend en vue de son grand projet historique, l'*Essai sur les mœurs* (1756). Il écrit parallèlement une tragédie située également à Babylone, *Sémiramis*, jouée en 1748. *Zadig* se nourrit de ce travail ; sa rédaction constitue sans doute un délassement pour lui dans un contexte difficile en même temps qu'une occasion de régler quelques comptes sous le couvert de la fiction. Pour Voltaire, en effet, les contes restent des œuvres mineures, l'écriture de ses tragédies étant sa préoccupation essentielle.

« Un conte philosophique. »

Littérairement, son intérêt pour l'Orient pousse Voltaire vers le conte oriental ; sa correspondance indique qu'il range les *Mille et Une Nuits* dans ses lectures préférées. *Zadig* montre qu'il en a bien retenu les formes narratives, les procédés d'écriture et la tonalité. Même si Voltaire ne fait pas grand effort pour créer l'illusion de la couleur locale, à un premier niveau, le lecteur peut prendre plaisir à *Zadig* comme à une

1745 Victoire française à Fontenoy (poème de Voltaire). Madame de Pompadour, favorite de Louis XV

1746 Élu à l'Académie

1748 *Zadig*, *Sémiramis*, tragédie

1749 Mort de Madame du Châtelet

1751-1772 Publication de l'*Encyclopédie*

1755 Séisme de Lisbonne

1759 *Candide*

1774 Début du règne de Louis XVI

1778 Mort de Voltaire

« histoire orientale ». D'autres contes de Voltaire, comme *La Princesse de Babylone*, reprendront ce cadre, témoignant par là d'une constance de ses goûts en ce domaine.

Naissance d'une forme nouvelle

Toutefois, Voltaire souligne à de multiples reprises, et dès l'épître dédicatoire (p. 13-14), que le conte n'est pas un simple divertissement « sans raison » destiné à un lectorat avide seulement d'histoires distrayantes. Il invite au contraire à percevoir dans son récit d'autres significations. Par là, il veut souligner l'originalité de son travail et invite le lecteur à un deuxième niveau de lecture. Les précautions prises par Voltaire pour publier cette œuvre, comme le soin qu'il a apporté à ses différentes éditions, confirment les risques qu'il pressentait et l'importance qu'il lui accordait.

Zadig permet à Voltaire, à travers un récit amusant, d'exposer ses idées, tant au plan politique et social qu'au plan philosophique. Le conte devient dès lors un moyen de vulgarisation, à la fois accessible et propice à la réflexion. Il prend, en quelque sorte, la forme d'une fable, mais en dépassant le seul cadre de la morale, et en l'élargissant à des questions plus larges.

C'est la naissance d'un nouveau genre : le conte philosophique. Voltaire en avait déjà esquissé la forme dans des récits antérieurs, comme *Micromégas*, vraisemblablement rédigé dix ans plus tôt, mais avec *Zadig*, il en propose la première version achevée et d'une certaine ampleur. C'est avec *Candide* qu'il en donnera la forme la plus aboutie. ■

« C'est une grande folie
que de vouloir être sage tout seul. »

Maxime de La Rochefoucauld

Lire…
Zadig ou la Destinée

1748

Voltaire

Texte intégral

Approbation[1]

Je, soussigné, qui me suis fait passer pour savant, et même pour homme d'esprit, ai lu ce manuscrit, que j'ai trouvé, malgré moi, curieux, amusant, moral, philosophique, digne de plaire à ceux même qui haïssent les romans. Ainsi je l'ai décrié, et j'ai assuré, monsieur le Cadi-Lesquier[2], que c'est un ouvrage détestable.

1. Autorisation officielle de publier un ouvrage.
2. Magistrat musulman.

Épître dédicatoire[3] de Zadig à la Sultane Shéraa par Sadi[4]

Le 18 du mois de Schewal, l'an 837 de l'hégire[5].

CHARME DES PRUNELLES, tourment des cœurs, lumière de l'esprit, je ne baise point la poussière de vos pieds, parce que vous ne marchez guère, ou que vous marchez sur des tapis d'Iran ou sur des roses. Je vous offre la traduction d'un livre d'un ancien sage qui, ayant le bonheur de n'avoir rien à faire, eut celui de s'amuser à écrire l'histoire de Zadig, ouvrage qui dit plus qu'il ne semble dire. Je vous prie de le lire et d'en juger car, quoique vous soyez dans le printemps de votre vie, quoique tous les plaisirs vous cherchent, quoique vous soyez belle, et que vos talents ajoutent à votre beauté; quoiqu'on vous loue du soir au matin, et que par toutes ces raisons vous soyez en droit de n'avoir pas le sens commun, cependant vous avez l'esprit très sage et le goût très fin, et je vous ai entendue raisonner mieux que de vieux derviches[6] à longue barbe et à bonnet pointu. Vous êtes discrète et vous n'êtes point défiante; vous êtes douce sans être faible; vous êtes bienfaisante avec discernement; vous aimez vos amis, et vous ne vous faites point d'ennemis. Votre esprit n'emprunte jamais ses agréments des traits de la médisance; vous ne dites de mal ni n'en faites, malgré la prodigieuse facilité que vous y auriez. Enfin votre âme m'a toujours paru pure comme votre beauté. Vous avez même un petit fonds de philosophie qui m'a fait croire que vous prendriez plus de goût qu'une autre à cet ouvrage d'un sage.

Madame de Pompadour

Derrière le nom de la sultane Shéraa on reconnaît Madame de Pompadour, maîtresse du roi Louis XV depuis 1745. Voltaire, devenu courtisan, cherche à se concilier ses faveurs, d'autant plus qu'elle est favorable aux idées nouvelles et aux Lumières. Étant conscient que certains passages de son récit peuvent être lus comme une satire de la Cour, il veut montrer sa loyauté tout en faisant un éloge appuyé de la destinataire. ■

3. Lettre dédiant l'œuvre à un(e) destinataire, dédicace.
4. Poète persan du XIIIe siècle auquel Voltaire feint d'attribuer *Zadig*.
5. Voltaire adopte le calendrier musulman, mais avec une datation fantaisiste.
6. Religieux musulman.

Il fut écrit d'abord en ancien chaldéen[1], que ni vous ni moi n'entendons. On le traduisit en arabe, pour amuser le célèbre sultan Ouloug-beb[2]. C'était du temps où les Arabes et les Persans commençaient à écrire des *Mille et Une Nuits*[3], des *Mille et Un Jours*[4], etc. Ouloug aimait mieux la lecture de *Zadig*; mais les sultanes aimaient mieux les *Mille et Un*. « Comment pouvez-vous préférer, leur disait le sage Ouloug, des contes qui sont sans raison, et qui ne signifient rien? – C'est précisément pour cela que nous les aimons, répondaient les sultanes. »

Je me flatte que vous ne leur ressemblerez pas, et que vous serez un vrai Ouloug. J'espère même que, quand vous serez lasse des conversations générales, qui ressemblent assez aux *Mille et un*, à cela près qu'elles sont moins amusantes, je pourrai trouver une minute pour avoir l'honneur de vous parler raison. Si vous aviez été Thalestris[5] du temps de Scander, fils de Philippe; si vous aviez été la reine de Sabée du temps de Soleiman[6], c'eussent été ces rois qui auraient fait le voyage.

Je prie les vertus célestes que vos plaisirs soient sans mélange, votre beauté durable, et votre bonheur sans fin.

Sadi.

1. Langue de la Chaldée, région de l'Ancienne Mésopotamie, aujourd'hui en Irak.
2. Petit-fils de Tamerlan. Il régna à Samarcande, en Ouzbékistan actuel, au XVIe siècle.
3. Célèbre récit oriental, traduit en français entre 1704 et 1717 (voir p. 8-9).
4. Récits orientaux imités des *Mille et Une Nuits*.
5. Reine des Amazones qui, selon la légende, aurait demandé à Alexandre le Grand (Scander, en arabe) de lui donner un enfant.
6. La reine de Saba et Salomon (épisode de l'Ancien Testament).

Chapitre 1

Le borgne

DU TEMPS DU ROI MOABDAR il y avait à Babylone[7] un jeune homme nommé Zadig, né avec un beau naturel fortifié par l'éducation. Quoique riche et jeune, il savait modérer ses passions ; il n'affectait[8] rien ; il ne voulait point toujours avoir raison, et savait respecter la faiblesse des hommes. On était étonné de voir qu'avec beaucoup d'esprit il n'insultât jamais par des railleries à ces propos si vagues, si rompus, si tumultueux, à ces médisances téméraires, à ces décisions ignorantes, à ces turlupinades grossières, à ce vain bruit de paroles, qu'on appelait *conversation* dans Babylone. Il avait appris, dans le premier livre de Zoroastre, que l'amour-propre est un ballon gonflé de vent, dont il sort des tempêtes quand on lui a fait une piqûre. Zadig surtout ne se vantait pas de mépriser les femmes et de les subjuguer. Il était généreux ; il ne craignait point d'obliger des ingrats, suivant ce grand précepte de Zoroastre : « *Quand tu manges, donne à manger aux chiens, dussent-ils te mordre.* » Il était aussi sage qu'on peut l'être : car il cherchait à vivre avec des sages. Instruit dans les sciences des anciens Chaldéens, il n'ignorait pas les principes physiques de la nature, tels qu'on les connaissait alors, et savait de la métaphysique ce qu'on en a su dans tous les âges, c'est-à-dire fort peu de chose. Il était fermement persuadé que l'année était de trois cent soixante et cinq jours et un quart, malgré la nouvelle philosophie de son temps, et que le soleil était au centre du monde ; et quand les principaux mages lui disaient, avec une hauteur insultante, qu'il avait de

Zoroastre

Appelé aussi Zarathoustra, Zoroastre est le réformateur de la religion iranienne avant l'arrivée de l'Islam, qui devait la supplanter peu après. Sa doctrine, que Voltaire étudie en travaillant à son *Essai sur les mœurs*, peut dans ses grandes lignes s'accorder avec ses conceptions. Voltaire l'invoque souvent dans *Zadig* en s'en inspirant très librement, et même lui prêtant des maximes fantaisistes. ■

7. Ville antique célèbre, capitale de la Mésopotamie, l'Irak actuel.
8. Ambitionner.

mauvais sentiments, et que c'était être ennemi de l'État que de croire que le soleil tournait sur lui-même, et que l'année avait douze mois, il se taisait sans colère et sans dédain.

Zadig, avec de grandes richesses, et par conséquent avec des amis, ayant de la santé, une figure aimable, un esprit juste et modéré, un cœur sincère et noble, crut qu'il pouvait être heureux. Il devait se marier à Sémire, que sa beauté, sa naissance et sa fortune rendaient le premier parti de Babylone. Il avait pour elle un attachement solide et vertueux, et Sémire l'aimait avec passion. Ils touchaient au moment fortuné qui allait les unir, lorsque, se promenant ensemble vers une porte de Babylone, sous les palmiers qui ornaient le rivage de l'Euphrate[1], ils virent venir à eux des hommes armés de sabres et de flèches. C'étaient les satellites[2] du jeune Orcan, neveu d'un ministre, à qui les courtisans de son oncle avaient fait accroire[3] que tout lui était permis. Il n'avait aucune des grâces ni des vertus de Zadig; mais, croyant valoir beaucoup mieux, il était désespéré de n'être pas préféré. Cette jalousie, qui ne venait que de sa vanité, lui fit penser qu'il aimait éperdument Sémire. Il voulait l'enlever. Les ravisseurs la saisirent, et dans les emportements de leur violence ils la blessèrent, et firent couler le sang d'une personne dont la vue aurait attendri les tigres du mont Imaüs[4]. Elle perçait le ciel de ses plaintes. Elle s'écriait : « Mon cher époux! on m'arrache à ce que j'adore. » Elle n'était point occupée de son danger; elle ne pensait qu'à son cher Zadig. Celui-ci, dans le même temps, la défendait avec toute la force que donnent la valeur et l'amour. Aidé seulement de deux esclaves, il mit les ravisseurs en fuite, et ramena chez elle Sémire, évanouie et sanglante, qui en ouvrant les yeux vit son libérateur. Elle lui dit : « Ô Zadig! je vous aimais comme mon époux, je vous aime comme celui à

1. L'un des deux fleuves de la Mésopotamie, avec le Tigre.
2. Hommes de main.
3. Croire faussement.
4. Ancien nom de l'Himalaya.

qui je dois l'honneur et la vie. » Jamais il n'y eut un cœur plus pénétré que celui de Sémire. Jamais bouche plus ravissante n'exprima des sentiments plus touchants par ces paroles de feu qu'inspirent le sentiment du plus grand des bienfaits et le transport le plus tendre de l'amour le plus légitime. Sa blessure était légère ; elle guérit bientôt. Zadig était blessé plus dangereusement ; un coup de flèche reçu près de l'œil lui avait fait une plaie profonde. Sémire ne demandait aux dieux que la guérison de son amant. Ses yeux étaient nuit et jour baignés de larmes : elle attendait le moment où ceux de Zadig pourraient jouir de ses regards ; mais un abcès survenu à l'œil blessé fit tout craindre. On envoya jusqu'à Memphis[5] chercher le grand médecin Hermès[6], qui vint avec un nombreux cortège. Il visita le malade, et déclara qu'il perdrait l'œil ; il prédit même le jour et l'heure où ce funeste accident devait arriver. « Si c'eût été l'œil droit, dit-il, je l'aurais guéri ; mais les plaies de l'œil gauche sont incurables. » Tout Babylone, en plaignant la destinée de Zadig, admira la profondeur de la science d'Hermès. Deux jours après, l'abcès perça de lui-même ; Zadig fut guéri parfaitement. Hermès écrivit un livre où il lui prouva qu'il n'avait[7] pas dû guérir. Zadig ne le lut point ; mais, dès qu'il put sortir, il se prépara à rendre visite à celle qui faisait l'espérance du bonheur de sa vie, et pour qui seule il voulait avoir des yeux. Sémire était à la campagne depuis trois jours. Il apprit en chemin que cette belle dame, ayant déclaré hautement qu'elle avait une aversion insurmontable pour les borgnes, venait de se marier à Orcan la nuit même. À cette nouvelle il tomba sans connaissance ; sa douleur le mit au bord du tombeau ; il fut longtemps malade, mais enfin la raison l'emporta sur son affliction ; et l'atrocité de ce qu'il éprouvait servit même à le consoler.

5. Ancienne capitale des pharaons égyptiens.

6. Hermès Trismégiste, nom grec du dieu égyptien Thot, considéré comme le père de la médecine.

7. N'aurait.

« Puisque j'ai essuyé, dit-il, un si cruel caprice d'une fille élevée à la cour, il faut que j'épouse une citoyenne[1]. » Il choisit Azora, la plus sage et la mieux née de la ville; il l'épousa, et vécut un mois avec elle dans les douceurs de l'union la plus tendre. Seulement il remarquait en elle un peu de légèreté, et beaucoup de penchant à trouver toujours que les jeunes gens les mieux faits étaient ceux qui avaient le plus d'esprit et de vertu.

Une riche documentation

Voltaire dispose d'une vaste bibliothèque. L'une de ses sources principales est la *Bibliothèque orientale*, œuvre d'un orientaliste, Barthélémy d'Herbelot (1625-1695), elle-même largement adaptée d'un auteur turc. Voltaire y puise nombre d'anecdotes et de détails. Il s'inspire aussi de récits de voyageurs rapportant les coutumes des civilisations asiatiques. ■

Chapitre 2

Le nez

UN JOUR, AZORA REVINT d'une promenade tout en colère, et faisant de grandes exclamations. « Qu'avez-vous, lui dit-il, ma chère épouse? Qui vous peut mettre ainsi hors de vous-même? – Hélas! dit-elle, vous seriez indigné comme moi, si vous aviez vu le spectacle dont je viens d'être témoin. J'ai été consoler la jeune veuve Cosrou, qui vient d'élever, depuis deux jours, un tombeau à son jeune époux auprès du ruisseau qui borde cette prairie. Elle a promis aux dieux, dans sa douleur, de demeurer auprès de ce tombeau tant que l'eau de ce ruisseau coulerait auprès. – Eh bien! dit Zadig, voilà une femme estimable qui aimait véritablement son mari! – Ah! reprit Azora, si vous saviez à quoi elle s'occupait quand je lui ai rendu visite! – À quoi donc, belle Azora? – Elle faisait détourner le ruisseau. » Azora se répandit en des invectives si

1. Une femme issue du peuple et non de l'aristocratie.

longues, éclata en reproches si violents contre la jeune veuve, que ce faste de vertu ne plut pas à Zadig.

Il avait un ami, nommé Cador, qui était un de ces jeunes gens à qui sa femme trouvait plus de probité et de mérite qu'aux autres ; il le mit dans sa confidence, et s'assura, autant qu'il le pouvait, de sa fidélité par un présent considérable. Azora, ayant passé deux jours chez une de ses amies à la campagne, revint le troisième jour à la maison. Des domestiques en pleurs lui annoncèrent que son mari était mort subitement la nuit même, qu'on n'avait pas osé lui porter cette funeste nouvelle, et qu'on venait d'ensevelir Zadig dans le tombeau de ses pères, au bout du jardin. Elle pleura, s'arracha les cheveux, et jura de mourir. Le soir, Cador lui demanda la permission de lui parler, et ils pleurèrent tous deux. Le lendemain ils pleurèrent moins et dînèrent ensemble. Cador lui confia que son ami lui avait laissé la plus grande partie de son bien, et lui fit entendre qu'il mettrait son bonheur à partager sa fortune avec elle. La dame pleura, se fâcha, s'adoucit ; le souper fut plus long que le dîner ; on se parla avec plus de confiance. Azora fit l'éloge du défunt ; mais elle avoua qu'il avait des défauts dont Cador était exempt.

Au milieu du souper, Cador se plaignit d'un mal de rate violent ; la dame, inquiète et empressée, fit apporter toutes les essences dont elle se parfumait pour essayer s'il n'y en avait pas quelqu'une qui fût bonne pour le mal de rate ; elle regretta beaucoup que le grand Hermès ne fût pas encore à Babylone ; elle daigna même toucher le côté où Cador sentait de si vives douleurs. « Êtes-vous sujet à cette cruelle maladie ? lui dit-elle avec compassion. – Elle me met quelquefois au bord du tombeau, lui répondit Cador, et il n'y a qu'un seul remède qui puisse me soulager : c'est de m'appliquer sur le côté le nez d'un homme qui soit mort la veille. – Voilà un étrange remède, dit Azora. – Pas plus étrange, répondit-il, que les sachets du sieur Arnoult[1] contre l'apoplexie[2]. » Cette raison, jointe à l'extrême mérite du jeune homme, détermina enfin la dame. « Après tout, dit-elle, quand mon mari passera du monde d'hier dans le monde du lendemain sur le pont Tchinavar[3], l'ange Asraël[4] lui accordera-t-il moins le passage parce que son nez sera un peu moins long dans la seconde vie que dans la première ? » Elle prit donc un rasoir ; elle alla au tombeau de son époux, l'arrosa de ses larmes, et s'approcha pour couper le nez à Zadig, qu'elle trouva tout étendu dans la tombe. Zadig se relève en tenant son nez d'une main, et arrêtant le rasoir de l'autre. « Madame, lui dit-il, ne criez plus tant contre la jeune Cosrou ; le projet de me couper le nez vaut bien celui de détourner un ruisseau. »

1. Inventeur parisien qui, à l'époque de la rédaction de *Zadig*, faisait de la publicité pour des sachets « anti-apoplectiques ».
2. Arrêt brutal des fonctions cérébrales.
3. Pont que doivent traverser les âmes justes pour atteindre le paradis, selon Zoroastre.
4. Ange qui sépare les âmes des corps chez les musulmans.

Jean-Michel Moreau (le Jeune) [1741-1814],
illustration pour le chapitre 2 de *Zadig*, « Le projet de me couper le nez », BnF, Paris.

Chapitre 3

Le chien et le cheval

ZADIG ÉPROUVA QUE LE PREMIER MOIS du mariage, comme il est écrit dans le livre du Zend[1], est la lune du miel, et que le second est la lune de l'absinthe[2]. Il fut quelque temps après obligé de répudier Azora, qui était devenue trop difficile à vivre, et il chercha son bonheur dans l'étude de la nature. « Rien n'est plus heureux, disait-il, qu'un philosophe qui lit dans ce grand livre que Dieu a mis sous nos yeux. Les vérités qu'il découvre sont à lui : il nourrit et il élève son âme, il vit tranquille ; il ne craint rien des hommes, et sa tendre épouse ne vient point lui couper le nez. »

Plein de ces idées, il se retira dans une maison de campagne sur les bords de l'Euphrate. Là il ne s'occupait pas à calculer combien de pouces d'eau coulaient en une seconde sous les arches d'un pont, ou s'il tombait une ligne cube de pluie dans le mois de la souris plus que dans le mois du mouton. Il n'imaginait point de faire de la soie avec des toiles d'araignée, ni de la porcelaine avec des bouteilles cassées, mais il étudia surtout les propriétés des animaux et des plantes, et il acquit bientôt une sagacité qui lui découvrait mille différences où les autres hommes ne voient rien que d'uniforme.[3]

Un jour, se promenant auprès d'un petit bois, il vit accourir à lui un eunuque[4] de la reine, suivi de plusieurs officiers[5] qui paraissaient dans la plus grande inquiétude, et qui couraient çà et là comme des hommes égarés qui cherchent ce qu'ils ont perdu de plus précieux. « Jeune homme, lui dit le premier eunuque, n'avez-vous point vu le chien de la reine ? » Zadig

1. Livre sacré écrit par Zoroastre.
2. Végétal dont on tirait une boisson amère (par opposition à la douceur du miel).
3. Voltaire caricature certaines recherches scientifiques, pourtant intéressantes, menées à son époque, réglant ses comptes avec leurs auteurs.
4. Homme châtré qui gardait les femmes dans un harem.
5. Domestiques des grandes maisons princières.

répondit modestement : « C'est une chienne, et non pas un chien. – Vous avez raison, reprit le premier eunuque. – C'est une épagneule très petite, ajouta Zadig ; elle a fait depuis peu des chiens ; elle boite du pied gauche de devant, et elle a les oreilles très longues. – Vous l'avez donc vue ? dit le premier eunuque tout essoufflé. – Non, répondit Zadig, je ne l'ai jamais vue, et je n'ai jamais su si la reine avait une chienne. »

Précisément dans le même temps, par une bizarrerie ordinaire de la fortune, le plus beau cheval de l'écurie du roi s'était échappé des mains d'un palefrenier dans les plaines de Babylone. Le grand veneur[6] et tous les autres officiers couraient après lui avec autant d'inquiétude que le premier eunuque après la chienne. Le grand veneur s'adressa à Zadig, et lui demanda s'il n'avait point vu passer le cheval du roi. « C'est, répondit Zadig, le cheval qui galope le mieux ; il a cinq pieds de haut, le sabot fort petit ; il porte une queue de trois pieds et demi de long ; les bossettes[7] de son mors sont d'or à vingt-trois carats ; ses fers sont d'argent à onze deniers[8]. – Quel chemin a-t-il pris ? Où est-il ? demanda le grand veneur. – Je ne l'ai point vu, répondit Zadig, et je n'en ai jamais entendu parler. »

Le grand veneur et le premier eunuque ne doutèrent pas que Zadig n'eût volé le cheval du roi et la chienne de la reine ; ils le firent conduire devant l'assemblée du grand Desterham[9], qui le condamna au knout[10], et à passer le reste de ses jours en Sibérie. À peine le jugement fut-il rendu qu'on retrouva le cheval et la chienne. Les juges furent dans la douloureuse nécessité de réformer leur arrêt ; mais ils condamnèrent Zadig à payer quatre cents onces[11] d'or pour avoir dit qu'il n'avait point vu ce qu'il avait vu. Il fallut d'abord payer cette amende ; après quoi il fut permis à Zadig de plaider sa cause au conseil du grand Desterham ; il parla en ces termes :

6. Officier en charge de la chasse à courre dans une maison princière.
7. Ornements du mors, partie du harnais qui passe dans la bouche du cheval et permet de le diriger.
8. Carat et denier sont des mesures de poids, respectivement pour les pierres et pour les métaux précieux.
9. Personne chargée de la milice et des finances.
10. Supplice du fouet en usage en Russie. Voltaire mélange allègrement Babylone et la Sibérie.
11. Unité de poids de valeur variable, équivalent à environ 30 grammes.

« Étoiles de justice, abîmes de science, miroirs de vérité, qui avez la pesanteur du plomb, la dureté du fer, l'éclat du diamant, et beaucoup d'affinité avec l'or puisqu'il m'est permis de parler devant cette auguste assemblée, je vous jure par Orosmade[1] que je n'ai jamais vu la chienne respectable de la reine, ni le cheval sacré du roi des rois. Voici ce qui m'est arrivé. Je me promenais vers le petit bois où j'ai rencontré depuis le vénérable eunuque et le très illustre grand veneur. J'ai vu sur le sable les traces d'un animal, et j'ai jugé aisément que c'étaient celles d'un petit chien. Des sillons légers et longs, imprimés sur de petites éminences de sable entre les traces des pattes, m'ont fait connaître que c'était une chienne dont les mamelles étaient pendantes, et qu'ainsi elle avait fait des petits il y a peu de jours. D'autres traces en un sens différent, qui paraissaient toujours avoir rasé la surface du sable à côté des pattes de devant, m'ont appris qu'elle avait les oreilles très longues ; et, comme j'ai remarqué que le sable était toujours moins creusé par une patte que par les trois autres ; j'ai compris que la chienne de notre auguste reine était un peu boiteuse, si je l'ose dire.

À l'égard du cheval du roi des rois, vous saurez que, me promenant dans les routes de ce bois, j'ai aperçu les marques des fers d'un cheval ; elles étaient toutes à égales distances.

Voilà, ai-je dit, un cheval qui a un galop parfait. La poussière des arbres, dans une route étroite qui n'a que sept pieds de large, était un peu enlevée à droite et à gauche, à trois pieds[2] et demi du milieu de la route. Ce cheval, ai-je dit, a une queue de trois pieds et demi, qui, par ses mouvements de droite et de gauche, a balayé cette poussière. J'ai vu sous les arbres, qui formaient un berceau de cinq pieds de haut, les feuilles des branches nouvellement tombées ; et j'ai connu

1. Principe du Bien dans la religion de Zoroastre.
2. Ancienne mesure de longueur, équivalant à 32,4 cm.

que ce cheval y avait touché, et qu'ainsi il avait cinq pieds de haut. Quant à son mors, il doit être d'or à vingt-trois carats : car il en a frotté les bossettes contre une pierre que j'ai reconnue être une pierre de touche[3], et dont j'ai fait l'essai. J'ai jugé enfin, par les marques que ses fers ont laissées sur des cailloux d'une autre espèce, qu'il était ferré d'argent à onze deniers de fin. »

Tous les juges admirèrent le profond et subtil discernement de Zadig : la nouvelle en vint jusqu'au roi et à la reine. On ne parlait que de Zadig dans les antichambres, dans la chambre, et dans le cabinet ; et quoique plusieurs mages opinassent[4] qu'on devait le brûler comme sorcier, le roi ordonna qu'on lui rendît l'amende des quatre cents onces d'or à laquelle il avait été condamné. Le greffier, les huissiers, les procureurs vinrent chez lui en grand appareil[5] lui rapporter ses quatre cents onces ; ils en retinrent seulement trois cent quatre-vingt-dix-huit pour les frais de justice, et leurs valets demandèrent des honoraires.

Zadig vit combien il était dangereux quelquefois d'être trop savant, et se promit bien, à la première occasion, de ne point dire ce qu'il avait vu.

Cette occasion se trouva bientôt. Un prisonnier d'État s'échappa ; il passa sous les fenêtres de sa maison. On interrogea Zadig, il ne répondit rien ; mais on lui prouva qu'il avait regardé par la fenêtre. Il fut condamné pour ce crime à cinq cents onces d'or, et il remercia ses juges de leur indulgence, selon la coutume de Babylone. « Grand Dieu ! dit-il en lui-même, qu'on est à plaindre quand on se promène dans un bois où la chienne de la reine et le cheval du roi ont passé ! Qu'il est dangereux de se mettre à la fenêtre ! Et qu'il est difficile d'être heureux dans cette vie ! »

3. Pierre en jaspe qui servait à tester les objets d'or et d'argent.
4. Jugeassent.
5. En grande cérémonie, avec magnificence.

Chapitre 4

L'Envieux

ZADIG VOULUT SE CONSOLER, par la philosophie et par l'amitié, des maux que lui avait faits la fortune. Il avait dans un faubourg de Babylone une maison ornée avec goût, où il rassemblait tous les arts et tous les plaisirs dignes d'un honnête homme. Le matin sa bibliothèque était ouverte à tous les savants; le soir, sa table l'était à la bonne compagnie; mais il connut bientôt combien les savants sont dangereux; il s'éleva une grande dispute sur une loi de Zoroastre, qui défendait de manger du griffon[1]. « Comment défendre le griffon, disaient les uns, si cet animal n'existe pas? – Il faut bien qu'il existe, disaient les autres, puisque Zoroastre ne veut pas qu'on en mange. » Zadig voulut les accorder en leur disant : « S'il y a des griffons, n'en mangeons point; s'il n'y en a point, nous en mangerons encore moins; et par là nous obéirons tous à Zoroastre. »

Un savant, qui avait composé treize volumes sur les propriétés du griffon, et qui de plus était grand théurgite[2], se hâta d'aller accuser Zadig devant un archimage nommé Yébor[3], le plus sot des Chaldéens, et partant[4] le plus fanatique. Cet homme aurait fait empaler Zadig pour la plus grande gloire du soleil, et en aurait récité le bréviaire de Zoroastre d'un ton plus satisfait. L'ami Cador (un ami vaut mieux que cent prêtres) alla trouver le vieux Yébor, et lui dit : « Vivent le soleil et les griffons! gardez-vous bien de punir Zadig : c'est un saint; il a des griffons dans sa basse-cour, et il n'en mange point; et son accusateur est un hérétique qui ose soutenir

1. Animal fabuleux à corps de lion, à tête et aux ailes d'aigle.
2. Magie faisant appel aux pouvoirs présumés des divinités célestes et des esprits surnaturels.
3. Anagramme de Boyer, nom d'un évêque adversaire de Voltaire.
4. Par conséquent.

que les lapins ont le pied fendu, et ne sont point immondes. – Eh bien ! dit Yébor en branlant sa tête chauve, il faut empaler Zadig pour avoir mal pensé des griffons, et l'autre pour avoir mal parlé des lapins. » Cador apaisa l'affaire par le moyen d'une fille d'honneur à laquelle il avait fait un enfant, et qui avait beaucoup de crédit dans le collège des mages. Personne ne fut empalé ; de quoi plusieurs docteurs murmurèrent[5], et en présagèrent la décadence de Babylone. Zadig s'écria : « À quoi tient le bonheur ! Tout me persécute dans ce monde, jusqu'aux êtres qui n'existent pas. » Il maudit les savants, et ne voulut plus vivre qu'en bonne compagnie.

Il rassemblait chez lui les plus honnêtes gens de Babylone, et les dames les plus aimables ; il donnait des soupers délicats, souvent précédés de concerts, et animés par des conversations charmantes dont il avait su bannir l'empressement de montrer de l'esprit, qui est la plus sûre manière de n'en point avoir et de gâter la société la plus brillante. Ni le choix de ses amis, ni celui des mets, n'étaient faits par la vanité : car en tout il préférait l'être au paraître, et par là il s'attirait la considération véritable, à laquelle il ne prétendait pas.

Vis-à-vis[6] sa maison demeurait Arimaze[7], personnage dont la méchante âme était peinte sur sa grossière physionomie. Il était rongé de fiel et bouffi d'orgueil, et pour comble, c'était un bel esprit ennuyeux. N'ayant jamais pu réussir dans le monde, il se vengeait par en médire. Tout riche qu'il était, il avait de la peine à rassembler chez lui des flatteurs. Le bruit des chars qui entraient le soir chez Zadig l'importunait, le bruit de ses louanges l'irritait davantage. Il allait quelquefois chez Zadig, et se mettait à table sans être prié : il y corrompait toute la joie de la société, comme on dit que les harpies[8] infectent les viandes qu'elles touchent. Il lui arriva un jour de

5. Protester, se plaindre.
6. Devant.
7. Nom qui renvoie au principe du Mal chez Zoroastre, opposé à Orosmade.
8. Monstre fabuleux à tête de femme et à corps d'oiseau.

vouloir donner une fête à une dame qui, au lieu de la recevoir, alla souper chez Zadig. Un autre jour, causant avec lui dans le palais, ils abordèrent un ministre qui pria Zadig à souper, et ne pria point Arimaze. Les plus implacables haines n'ont pas souvent des fondements plus importants. Cet homme, qu'on appelait l'Envieux dans Babylone, voulut perdre Zadig parce qu'on l'appelait l'Heureux. L'occasion de faire du mal se trouve cent fois par jour, et celle de faire du bien, une fois dans l'année, comme dit Zoroastre.

L'Envieux alla chez Zadig, qui se promenait dans ses jardins avec deux amis et une dame à laquelle il disait souvent des choses galantes, sans autre intention que celle de les dire. La conversation roulait sur une guerre que le roi venait de terminer heureusement contre le prince d'Hyrcanie[1], son vassal. Zadig, qui avait signalé son courage dans cette courte guerre, louait beaucoup le roi et encore plus la dame. Il prit ses tablettes et écrivit quatre vers qu'il fit sur-le-champ, et qu'il donna à lire à cette belle personne.

Ses amis le prièrent de leur en faire part : la modestie, ou plutôt un amour-propre bien entendu, l'en empêcha. Il savait que des vers impromptus ne sont jamais bons que pour celle en l'honneur de qui ils sont faits : il brisa en deux la feuille des tablettes sur laquelle il venait d'écrire, et jeta les deux moitiés dans un buisson de roses, où on les chercha inutilement. Une petite pluie survint; on regagna la maison. L'Envieux, qui resta dans le jardin, chercha tant, qu'il trouva un morceau de la feuille. Elle avait été tellement rompue que chaque moitié de vers qui remplissait la ligne faisait un sens, et même un vers d'une plus petite mesure; mais, par un hasard encore plus étrange, ces petits vers se trouvaient former un sens qui contenait les injures les plus horribles contre le roi; on y lisait :

1. Région située près de la mer Caspienne, selon la tradition.

Par les plus grands forfaits
Sur le trône affermi,
Dans la publique paix
C'est le seul ennemi.

L'Envieux fut heureux pour la première fois de sa vie. Il avait entre les mains de quoi perdre un homme vertueux et aimable. Plein de cette cruelle joie, il fit parvenir jusqu'au roi cette satire écrite de la main de Zadig : on le fit mettre en prison, lui, ses deux amis, et la dame. Son procès lui fut bientôt fait, sans qu'on daignât l'entendre. Lorsqu'il vint recevoir sa sentence, l'Envieux se trouva sur son passage et lui dit tout haut que ses vers ne valaient rien. Zadig ne se piquait pas d'être bon poète ; mais il était au désespoir d'être condamné comme criminel de lèse-majesté, et de voir qu'on retînt en prison une belle dame et deux amis pour un crime qu'il n'avait pas fait. On ne lui permit pas de parler, parce que ses tablettes parlaient : telle était la loi de Babylone. On le fit donc aller au supplice à travers une foule de curieux dont aucun n'osait le plaindre, et qui se précipitaient pour examiner son visage et pour voir s'il mourrait avec bonne grâce. Ses parents seulement étaient affligés, car ils n'héritaient pas. Les trois quarts de son bien étaient confisqués au profit du roi, et l'autre quart au profit de l'Envieux.

Dans le temps qu'il se préparait à la mort, le perroquet du roi s'envola de son balcon, et s'abattit dans le jardin de Zadig sur un buisson de roses. Une pêche y avait été portée d'un arbre voisin par le vent ; elle était tombée sur un morceau de tablettes à écrire auquel elle s'était collée. L'oiseau enleva la pêche et la tablette, et les porta sur les genoux du monarque. Le prince, curieux, y lut des mots qui ne formaient aucun sens, et qui paraissaient des fins de vers. Il aimait la poésie, et il y a toujours de la ressource avec les princes qui aiment les vers : l'aventure de son perroquet le fit rêver. La reine, qui se souvenait de ce qui avait été écrit sur une pièce de la tablette de Zadig, se la fit apporter.

On confronta les deux morceaux, qui s'ajustaient ensemble parfaitement ; on lut alors les vers tels que Zadig les avait faits :

Par les plus grands forfaits j'ai vu troubler la terre.
Sur le trône affermi le roi sait tout dompter.
Dans la publique paix l'amour seul fait la guerre :
C'est le seul ennemi qui soit à redouter.

Le roi ordonna aussitôt qu'on fît venir Zadig devant lui, et qu'on fît sortir de prison ses deux amis et la belle dame. Zadig se jeta le visage contre terre aux pieds du roi et de la reine : il leur demanda très humblement pardon d'avoir fait de mauvais vers : il parla avec tant de grâce, d'esprit, et de raison, que le roi et la reine voulurent le revoir. Il revint, et plut encore davantage. On lui donna tous les biens de l'Envieux, qui l'avait injustement accusé : mais Zadig les rendit tous, et l'Envieux ne fut touché que du plaisir de ne pas perdre son bien. L'estime du roi s'accrut de jour en jour pour Zadig. Il le mettait de tous ses plaisirs, et le consultait dans toutes ses affaires. La reine le regarda dès lors avec une complaisance qui pouvait devenir dangereuse pour elle, pour le roi son auguste époux, pour Zadig, et pour le royaume. Zadig commençait à croire qu'il n'est pas si difficile d'être heureux.

Chapitre 5

Les généreux

LE TEMPS ARRIVA OÙ L'ON CÉLÉBRAIT une grande fête qui revenait tous les cinq ans. C'était la coutume à Babylone de déclarer solennellement au bout de cinq années, celui des citoyens qui avait fait l'action la plus généreuse. Les grands et les mages étaient les juges. Le premier satrape[1], chargé du soin de la ville, exposait les plus belles actions qui s'étaient passées sous son gouvernement. On allait aux voix : le roi prononçait le jugement. On venait à cette solennité des extrémités de la terre. Le vainqueur recevait des mains du monarque une coupe d'or garnie de pierreries, et le roi lui disait ces paroles : « Recevez ce prix de la générosité, et puissent les dieux me donner beaucoup de sujets qui vous ressemblent ! »

Ce jour mémorable venu, le roi parut sur son trône, environné des grands, des mages, et des députés de toutes les nations, qui venaient à ces jeux où la gloire s'acquérait non par la légèreté des chevaux, non par la force du corps, mais par la vertu. Le premier satrape rapporta à haute voix les actions qui pouvaient mériter à leurs auteurs ce prix inestimable. Il ne parla point de la grandeur d'âme avec laquelle Zadig avait rendu à l'Envieux toute sa fortune : ce n'était pas une action qui méritât de disputer le prix.

Il présenta d'abord un juge qui, ayant fait perdre un procès considérable à un citoyen, par une méprise dont il n'était pas même responsable, lui avait donné tout son bien, qui était la valeur de ce que l'autre avait perdu.

1. Gouverneur de province chez les Perses.

Il produisit ensuite un jeune homme qui, étant éperdument épris d'une fille qu'il allait épouser, l'avait cédée à un ami près d'expirer d'amour pour elle, et qui avait encore payé la dot en cédant la fille.

Ensuite il fit paraître un soldat qui, dans la guerre d'Hyrcanie, avait donné encore un plus grand exemple de générosité. Des soldats ennemis lui enlevaient sa maîtresse, et il la défendait contre eux : on vint lui dire que d'autres Hyrcaniens enlevaient sa mère à quelques pas de là ; il quitta en pleurant sa maîtresse, et courut délivrer sa mère ; il retourna ensuite vers celle qu'il aimait, et la trouva expirante. Il voulut se tuer : sa mère lui remontra qu'elle n'avait que lui pour tout secours, et il eut le courage de souffrir[1] la vie.

Les juges penchaient pour ce soldat. Le roi prit la parole, et dit : « Son action et celle des autres sont belles, mais elles ne m'étonnent point ; hier, Zadig en a fait une qui m'a étonné. J'avais disgracié depuis quelques jours mon ministre et mon favori Coreb. Je me plaignais de lui avec violence, et tous mes courtisans m'assuraient que j'étais trop doux : c'était à qui me dirait le plus de mal de Coreb. Je demandai à Zadig ce qu'il en pensait, et il osa en dire du bien. J'avoue que j'ai vu, dans nos histoires, des exemples qu'on a payé de son bien une erreur, qu'on a cédé sa maîtresse, qu'on a préféré une mère à l'objet de son amour ; mais je n'ai jamais lu qu'un courtisan ait parlé avantageusement d'un ministre disgracié contre qui son souverain était en colère. Je donne vingt mille pièces d'or à chacun de ceux dont on vient de réciter les actions généreuses ; mais je donne la coupe à Zadig.

– Sire, lui dit-il, c'est Votre Majesté seule qui mérite la coupe, c'est elle qui a fait l'action la plus inouïe, puisque,

1. Supporter.

étant roi vous ne vous êtes point fâché contre votre esclave, lorsqu'il contredisait votre passion. »

On admira le roi et Zadig. Le juge qui avait donné son bien, l'amant qui avait marié sa maîtresse à son ami, le soldat qui avait préféré le salut de sa mère à celui de sa maîtresse, reçurent les présents du monarque : ils virent leurs noms écrits dans le livre des généreux. Zadig eut la coupe. Le roi acquit la réputation d'un bon prince, qu'il ne garda pas longtemps. Ce jour fut consacré par des fêtes plus longues que la loi ne le portait. La mémoire s'en conserve encore dans l'Asie. Zadig disait : « Je suis donc enfin heureux ! » Mais il se trompait.

Chapitre 6

Le ministre

LE ROI AVAIT PERDU son premier ministre. Il choisit Zadig pour remplir cette place. Toutes les belles dames de Babylone applaudirent à ce choix, car depuis la fondation de l'empire il n'y avait jamais eu de ministre si jeune. Tous les courtisans furent fâchés ; l'Envieux en eut un crachement de sang, et le nez lui enfla prodigieusement. Zadig, ayant remercié le roi et la reine, alla remercier aussi le perroquet : « Bel oiseau, lui dit-il, c'est vous qui m'avez sauvé la vie ; et qui m'avez fait premier ministre : la chienne et le cheval de Leurs Majestés m'avaient fait beaucoup de mal, mais vous m'avez fait du

Voltaire et la justice

Confronté à de nombreux démêlés avec la justice au cours de sa vie, Voltaire ironise volontiers sur la corruption, la partialité et l'arbitraire de celle-ci. Par contraste, Zadig, devenu ministre, donne l'exemple d'un homme juste et désintéressé qui applique les lois avec discernement et modération. Voltaire luttera toute sa vie contre les injustices (par exemple, lors de l'affaire Calas). ■

bien. Voilà donc de quoi dépendent les destins des hommes ! Mais, ajouta-t-il, un bonheur si étrange sera peut-être bientôt évanoui. » Le perroquet répondit : « Oui ». Ce mot frappa Zadig. Cependant, comme il était bon physicien, et qu'il ne croyait pas que les perroquets fussent prophètes, il se rassura bientôt et se mit à exercer son ministère de son mieux.

Il fit sentir à tout le monde le pouvoir sacré des lois, et ne fit sentir à personne le poids de sa dignité. Il ne gêna point les voix du divan[1], et chaque vizir pouvait avoir un avis sans lui déplaire. Quand il jugeait une affaire, ce n'était pas lui qui jugeait, c'était la loi ; mais quand elle était trop sévère, il la tempérait ; et quand on manquait de lois, son équité en faisait qu'on aurait prises pour celles de Zoroastre.

C'est de lui que les nations tiennent ce grand principe : qu'il vaut mieux hasarder de sauver un coupable que de condamner un innocent. Il croyait que les lois étaient faites pour secourir les citoyens autant que pour les intimider. Son principal talent était de démêler la vérité, que tous les hommes cherchent à obscurcir.

Dès les premiers jours de son administration, il mit ce grand talent en usage. Un fameux négociant de Babylone était mort aux Indes ; il avait fait ses héritiers ses deux fils par portions égales, après avoir marié leur sœur, et il laissait un présent de trente mille pièces d'or à celui de ses deux fils qui serait jugé l'aimer davantage. L'aîné lui bâtit un tombeau, le second augmenta d'une partie de son héritage la dot de sa sœur ; chacun disait : « C'est l'aîné qui aime le mieux son père, le cadet aime mieux sa sœur ; c'est à l'aîné qu'appartiennent les trente mille pièces. »

Zadig les fit venir tous deux l'un après l'autre. Il dit à l'aîné : « Votre père n'est point mort, il est guéri de sa der-

1. L'assemblée du conseil autour du souverain en Turquie.

nière maladie, il revient à Babylone. – Dieu soit loué, répondit le jeune homme ; mais voilà un tombeau qui m'a coûté bien cher ! » Zadig dit ensuite la même chose au cadet. « Dieu soit loué, répondit-il, je vais rendre à mon père tout ce que j'ai ; mais je voudrais qu'il laissât à ma sœur ce que je lui ai donné. – Vous ne rendrez rien, dit Zadig, et vous aurez les trente mille pièces ; c'est vous qui aimez le mieux votre père. »

Une fille fort riche avait fait une promesse de mariage à deux mages, et, après avoir reçu quelques mois des instructions de l'un et de l'autre, elle se trouva grosse. Ils voulaient tous deux l'épouser. « Je prendrai pour mon mari, dit-elle, celui des deux qui m'a mise en état de donner un citoyen à l'empire. – C'est moi qui ai fait cette bonne œuvre, dit l'un. – C'est moi qui ai eu cet avantage, dit l'autre. – Eh bien ! répondit-elle, je reconnais pour père de l'enfant celui des deux qui lui pourra donner la meilleure éducation. » Elle accoucha d'un fils. Chacun des mages veut l'élever. La cause est portée devant Zadig. Il fait venir les deux mages. « Qu'enseigneras-tu à ton pupille ? dit-il au premier. – Je lui apprendrai, dit le docteur, les huit parties d'oraison[2], la dialectique[3], l'astrologie, la démonomanie ; ce que c'est que la substance et l'accident, l'abstrait et le concret, les monades et l'harmonie préétablie[4]. – Moi, dit le second, je tâcherai de le rendre juste et digne d'avoir des amis. » Zadig prononça : « Que tu sois son père ou non, tu épouseras sa mère. »

2. Les huit parties du discours que distingue la rhétorique.
3. Art de raisonner, d'argumenter.
4. Ces termes renvoient à diverses théories pseudo-scientifiques (astrologie, démonomanie, l'étude des démons) ou à des notions philosophiques (Leibniz) dont Voltaire se moque.

Chapitre 7

Les disputes et les audiences

C'EST AINSI QU'IL MONTRAIT tous les jours la subtilité de son génie et la bonté de son âme ; on l'admirait, et cependant on l'aimait. Il passait pour le plus fortuné de tous les hommes, tout l'empire était rempli de son nom ; toutes les femmes le lorgnaient ; tous les citoyens célébraient sa justice ; les savants le regardaient comme leur oracle ; les prêtres même avouaient qu'il en savait plus que le vieux archimage Yébor. On était bien loin alors de lui faire des procès sur les griffons ; on ne croyait que ce qui lui semblait croyable.

Il y avait une grande querelle dans Babylone, qui durait depuis quinze cents années, et qui partageait l'empire en deux sectes opiniâtres[1] : l'une prétendait qu'il ne fallait jamais entrer dans le temple de Mithra[2] que du pied gauche ; l'autre avait cette coutume en abomination, et n'entrait jamais que du pied droit. On attendait le jour de la fête solennelle du feu sacré pour savoir quelle secte serait favorisée par Zadig. L'univers avait les yeux sur ses deux pieds, et toute la ville était en agitation et en suspens. Zadig entra dans le temple en sautant à pieds joints, et il prouva ensuite, par un discours éloquent, que le Dieu du ciel et de la terre, qui n'a acception de personne[3], ne fait pas plus de cas de la jambe gauche que de la jambe droite. L'Envieux et sa femme prétendirent que dans son discours il n'y avait pas assez de figures[4], qu'il n'avait pas fait assez danser les montagnes et les collines. « Il est sec et sans génie, disaient-ils ; on ne voit chez lui ni la mer s'enfuir, ni les étoiles tomber, ni le soleil se fondre comme de la cire ; il n'a point le bon style

1. Obstinées, entêtées.
2. Divinité orientale adorée en Perse et en Syrie.
3. Qui n'a de compte à rendre à personne.
4. Figures de style, procédés rhétoriques.

Zadig entra dans le temple en sautant à pieds joints, gravure, BnF, Paris.

oriental[1]. » Zadig se contentait d'avoir le style de la raison. Tout le monde fut pour lui, non pas parce qu'il était dans le bon chemin, non pas parce qu'il était raisonnable, non pas parce qu'il était aimable, mais parce qu'il était premier vizir.

Il termina aussi heureusement le grand procès entre les mages[2] blancs et les mages noirs. Les blancs soutenaient que c'était une impiété de se tourner, en priant Dieu, vers l'orient d'hiver ; les noirs assuraient que Dieu avait en horreur les prières des hommes qui se tournaient vers le couchant d'été. Zadig ordonna qu'on se tournât comme on voudrait.

Il trouva ainsi le secret d'expédier le matin les affaires particulières et les générales : le reste du jour il s'occupait des embellissements de Babylone ; il faisait représenter des tragédies où l'on pleurait, et des comédies où l'on riait ; ce qui était passé de mode depuis longtemps, et ce qu'il fit renaître parce qu'il avait du goût. Il ne prétendait pas en savoir plus que les artistes ; il les récompensait par des bienfaits et des distinctions, et n'était point jaloux en secret de leurs talents. Le soir il amusait beaucoup le roi, et surtout la reine. Le roi disait : « Le grand ministre ! » La reine disait : « L'aimable ministre ! » Et tous deux ajoutaient : « C'eût été grand dommage qu'il eût été pendu. »

Jamais homme en place ne fut obligé de donner tant d'audiences aux dames. La plupart venaient lui parler des affaires qu'elles n'avaient point, pour en avoir une avec lui. La femme de l'Envieux s'y présenta des premières ; elle lui jura par Mithra, par le Zenda-Vesta[3], et par le feu sacré, qu'elle avait détesté la conduite de son mari ; elle lui confia ensuite que ce mari était un jaloux, un brutal ; elle lui fit entendre que les dieux le punissaient en lui refusant les précieux effets de ce feu sacré par lequel seul l'homme est semblable aux

1. Style multipliant excessivement les figures de rhétorique.
2. Prêtres de Zoroastre.
3. Terme confus. *Zend* et *Avesta* sont des mots désignant des textes de Zoroastre, mais Voltaire semble en faire le nom d'une divinité, indice qu'il ne prend guère au sérieux ces références.

immortels; elle finit par laisser tomber sa jarretière[4]; Zadig la ramassa avec sa politesse ordinaire; mais il ne la rattacha point au genou de la dame; et cette petite faute, si c'en est une, fut la cause des plus horribles infortunes. Zadig n'y pensa pas, et la femme de l'Envieux y pensa beaucoup.

D'autres dames se présentaient tous les jours. Les annales[5] secrètes de Babylone prétendent qu'il succomba une fois, mais qu'il fut tout étonné de jouir sans volupté, et d'embrasser son amante avec distraction. Celle à qui il donna, sans presque s'en apercevoir, des marques de sa protection, était une femme de chambre de la reine Astarté. Cette tendre Babylonienne se disait à elle-même pour se consoler : « Il faut que cet homme-là ait prodigieusement d'affaires dans la tête, puisqu'il y songe encore même en faisant l'amour. » Il échappa à Zadig, dans les instants où plusieurs personnes ne disent mot, et où d'autres ne prononcent que des paroles sacrées, de s'écrier tout d'un coup : « La reine ! » La Babylonienne crut qu'enfin il était revenu à lui dans un bon moment, et qu'il lui disait : « Ma reine ». Mais Zadig, toujours très distrait, prononça le nom d'Astarté. La dame, qui dans ces heureuses circonstances interprétait tout à son avantage, s'imagina que cela voulait dire : « Vous êtes plus belle que la reine Astarté ! » Elle sortit du sérail de Zadig avec de très beaux présents. Elle alla conter son aventure à l'Envieuse, qui était son amie intime; celle-ci fut cruellement piquée de la préférence. « Il n'a pas daigné seulement, dit-elle, me rattacher cette jarretière que voici, et dont je ne veux plus me servir. – Oh ! oh ! dit la fortunée à l'Envieuse, vous portez les mêmes jarretières que la reine ! Vous les prenez donc chez la même faiseuse ? » L'Envieuse rêva profondément, ne répondit rien, et alla consulter son mari l'Envieux.

4. Ruban servant à tenir les bas.
5. Chroniques.

Cependant Zadig s'apercevait qu'il avait toujours des distractions quand il donnait des audiences et quand il jugeait; il ne savait à quoi les attribuer : c'était là sa seule peine.

Il eut un songe : il lui semblait qu'il était couché d'abord sur des herbes sèches, parmi lesquelles il y en avait quelques-unes de piquantes qui l'incommodaient; et qu'ensuite il reposait mollement sur un lit de roses, dont il sortait un serpent qui le blessait au cœur de sa langue acérée et envenimée. « Hélas! disait-il, j'ai été longtemps couché sur ces herbes sèches et piquantes, je suis maintenant sur le lit de roses; mais quel sera le serpent? »

Chapitre 8

La jalousie

LE MALHEUR DE ZADIG VINT de son bonheur même, et surtout de son mérite. Il avait tous les jours des entretiens avec le roi et avec Astarté, son auguste épouse. Les charmes de sa conversation redoublaient encore par cette envie de plaire qui est à l'esprit ce que la parure est à la beauté; sa jeunesse et ses grâces firent insensiblement sur Astarté une impression dont elle ne s'aperçut pas d'abord. Sa passion croissait dans le sein de l'innocence. Astarté se livrait sans scrupule et sans crainte au plaisir de voir et d'entendre un homme cher à son époux et à l'État; elle ne cessait de le vanter au roi; elle en parlait à ses femmes, qui enchérissaient encore sur ses louanges; tout servait à enfoncer dans son cœur le trait qu'elle ne sentait pas. Elle faisait des présents à Zadig, dans lesquels il entrait plus de galanterie[1] qu'elle ne pensait; elle croyait ne lui parler qu'en reine contente de ses services, et quelquefois ses expressions étaient d'une femme sensible[2].

Astarté était beaucoup plus belle que cette Sémire qui haïssait tant les borgnes, et que cette autre femme qui avait voulu couper le nez à son époux. La familiarité d'Astarté, ses discours tendres, dont elle commençait à rougir, ses regards, qu'elle voulait détourner, et qui se fixaient sur les siens, allumèrent dans le cœur de Zadig un feu dont il s'étonna. Il combattit; il appela à son secours la philosophie, qui l'avait toujours secouru; il n'en tira que des lumières, et n'en reçut aucun soulagement. Le devoir, la reconnaissance, la majesté souveraine violée se présentaient à ses yeux comme des dieux vengeurs; il combattait, il triomphait; mais cette victoire, qu'il fallait remporter à tout moment, lui coûtait des gémissements et des larmes. Il n'osait plus parler à la reine avec cette douce liberté qui avait eu tant de charmes pour tous deux : ses yeux se couvraient d'un nuage; ses discours étaient contraints et sans suite : il baissait la vue; et quand, malgré lui, ses regards se tournaient vers Astarté, ils rencontraient ceux de la reine mouillés de pleurs, dont il partait des traits de flamme; ils semblaient se dire l'un à l'autre : « Nous nous adorons, et nous craignons de nous aimer; nous brûlons tous deux d'un feu que nous condamnons. »

Zadig sortait d'auprès d'elle égaré, éperdu, le cœur surchargé d'un fardeau qu'il ne pouvait plus porter : dans la violence de ses agitations, il laissa pénétrer son secret à son ami Cador, comme un homme qui, ayant soutenu longtemps les atteintes d'une vive douleur, fait enfin connaître son mal par

1. Désir de plaire.
2. Ici, synonyme d'*amoureuse*.

un cri qu'un redoublement aigu lui arrache, et par la sueur froide qui coule sur son front.

Cador lui dit : « J'ai déjà démêlé les sentiments que vous vouliez vous cacher à vous-même ; les passions ont des signes auxquels on ne peut se méprendre. Jugez, mon cher Zadig, puisque j'ai lu dans votre cœur, si le roi n'y découvrira pas un sentiment qui l'offense. Il n'a d'autre défaut que celui d'être le plus jaloux des hommes. Vous résistez à votre passion avec plus de force que la reine ne combat la sienne, parce que vous êtes philosophe, et parce que vous êtes Zadig. Astarté est femme ; elle laisse parler ses regards avec d'autant plus d'imprudence qu'elle ne se croit pas encore coupable. Malheureusement rassurée sur son innocence, elle néglige des dehors[1] nécessaires. Je tremblerai pour elle, tant qu'elle n'aura rien à se reprocher. Si vous étiez d'accord l'un et l'autre, vous sauriez tromper tous les yeux : une passion naissante et combattue éclate ; un amour satisfait sait se cacher. » Zadig frémit à la proposition de trahir le roi, son bienfaiteur ; et jamais il ne fut plus fidèle à son prince que quand il fut coupable envers lui d'un crime involontaire. Cependant la reine prononçait si souvent le nom de Zadig, son front se couvrait de tant de rougeur en le prononçant, elle était tantôt si animée ; tantôt si interdite[2], quand elle lui parlait en présence du roi ; une rêverie si profonde s'emparait d'elle quand il était sorti, que le roi fut troublé. Il crut tout ce qu'il voyait, et imagina tout ce qu'il ne voyait point. Il remarqua surtout que les babouches de sa femme étaient bleues, et que les babouches de Zadig étaient bleues, que les rubans de sa femme étaient jaunes, et que le bonnet de Zadig était jaune ; c'étaient là de terribles indices pour un prince délicat[3]. Les soupçons se tournèrent en certitude dans son esprit aigri.

1. Des apparences.
2. Troublée, incapable de réaction.
3. Susceptible.

Tous les esclaves des rois et des reines sont autant d'espions de leurs cœurs. On pénétra[4] bientôt qu'Astarté était tendre, et que Moabdar était jaloux. L'Envieux engagea l'Envieuse à envoyer au roi sa jarretière, qui ressemblait à celle de la reine. Pour surcroît de malheur, cette jarretière était bleue[5]. Le monarque ne songea plus qu'à la manière de se venger. Il résolut une nuit d'empoisonner la reine, et de faire mourir Zadig par le cordeau au point du jour. L'ordre en fut donné à un impitoyable eunuque, exécuteur de ses vengeances. Il y avait alors dans la chambre du roi un petit nain qui était muet, mais qui n'était pas sourd. On le souffrait toujours : il était témoin de ce qui se passait de plus secret, comme un animal domestique. Ce petit muet était très attaché à la reine et à Zadig. Il entendit, avec autant de surprise que d'horreur, donner l'ordre de leur mort. Mais comment faire pour prévenir cet ordre effroyable, qui allait s'exécuter dans peu d'heures ? Il ne savait pas écrire ; mais il avait appris à peindre, et savait surtout faire ressembler. Il passa une partie de la nuit à crayonner ce qu'il voulait faire entendre à la reine. Son dessin représentait le roi agité de fureur, dans un coin du tableau, donnant des ordres à son eunuque ; un cordeau bleu et un vase sur une table, avec des jarretières bleues et des rubans jaunes ; la reine, dans le milieu du tableau, expirante entre les bras de ses femmes ; et Zadig étranglé à ses pieds. L'horizon représentait un soleil levant pour marquer que cette horrible exécution devait se faire aux premiers rayons de l'aurore. Dès qu'il eut fini cet ouvrage, il courut chez une femme[6] d'Astarté, la réveilla, et lui fit entendre qu'il fallait dans l'instant même porter ce tableau à la reine.

Cependant, au milieu de la nuit, on vient frapper à la porte de Zadig ; on le réveille ; on lui donne un billet de la

4. On découvrit.
5. Couleur de la royauté.
6. Servante.

reine ; il doute si c'est un songe ; il ouvre la lettre d'une main tremblante. Quelle fut sa surprise, et qui pourrait exprimer la consternation et le désespoir dont il fut accablé quand il lut ces paroles : « Fuyez dans l'instant même, ou l'on va vous arracher la vie ! Fuyez, Zadig ; je vous l'ordonne au nom de notre amour et de mes rubans jaunes. Je n'étais point coupable ; mais je sens que je vais mourir criminelle. »

Zadig eut à peine la force de parler. Il ordonna qu'on fît venir Cador ; et, sans lui rien dire, il lui donna ce billet. Cador le força d'obéir et de prendre sur-le-champ la route de Memphis. « Si vous osez aller trouver la reine, lui dit-il, vous hâtez sa mort ; si vous parlez au roi, vous la perdez encore. Je me charge de sa destinée ; suivez la vôtre. Je répandrai le bruit que vous avez pris la route des Indes. Je viendrai bientôt vous trouver, et je vous apprendrai ce qui se sera passé à Babylone. »

Cador, dans le moment même, fit placer deux dromadaires des plus légers à la course vers une porte secrète du palais ; il y fit monter Zadig, qu'il fallut porter, et qui était près de rendre l'âme. Un seul domestique l'accompagna ; et bientôt Cador, plongé dans l'étonnement et dans la douleur, perdit son ami de vue.

Cet illustre fugitif, arrivé sur le bord d'une colline dont on voyait Babylone, tourna la vue sur le palais de la reine, et s'évanouit ; il ne reprit ses sens que pour verser des larmes, et pour souhaiter la mort. Enfin, après s'être occupé de la destinée déplorable de la plus aimable des femmes et de la première reine du monde, il fit un moment de retour sur lui-même, et s'écria : « Qu'est-ce donc que la vie humaine ? Ô vertu ! à quoi m'avez-vous servi ? Deux femmes m'ont indignement trompé ; la troisième, qui n'est point coupable, et qui est plus belle que les autres, va mourir ! Tout ce que j'ai fait de bien a toujours été pour moi une source de malédictions, et je n'ai été élevé au comble de la grandeur que pour tomber dans le plus horrible précipice de l'infortune. Si j'eusse été méchant comme tant d'autres, je serais heureux comme eux. »

Accablé de ces réflexions funestes, les yeux chargés du voile de la douleur, la pâleur de la mort sur le visage, et l'âme abîmée dans l'excès d'un sombre désespoir, il continuait son voyage vers l'Égypte.

Chapitre 9

La femme battue

ZADIG DIRIGEAIT SA ROUTE sur les étoiles. La constellation d'Orion[1] et le brillant astre de Sirius le guidaient vers le pôle de Canope. Il admirait ces vastes globes de lumière qui ne paraissent que de faibles étincelles à nos yeux, tandis que la terre, qui n'est en effet qu'un point imperceptible dans la nature, paraît à notre cupidité quelque chose de si grand et de si noble. Il se figurait alors les hommes tels qu'ils sont en effet, des insectes se dévorant les uns les autres sur un petit atome de boue. Cette image vraie semblait anéantir ses malheurs, en lui retraçant le néant de son être et celui de Babylone. Son âme s'élançait jusque dans l'infini, et contemplait, détachée de ses sens, l'ordre immuable de l'univers.

Disproportion

Le début de ce chapitre fait songer à *Micromégas*, autre conte de Voltaire, où il développe le thème de la disproportion entre l'infinité de l'univers et la petitesse de l'homme. Ici, de manière ironique, Voltaire interrompt la méditation en faisant revenir Zadig à des considérations bien terre-à-terre... ■

1. Constellation d'étoiles. Comme Sirius et Canope, elle sert de guide au voyageur. Elles balisent le chemin de Zadig vers le Sud.

Mais lorsque ensuite, rendu à lui-même et rentrant dans son cœur, il pensait qu'Astarté était peut-être morte pour lui, l'univers disparaissait à ses yeux, et il ne voyait dans la nature entière qu'Astarté mourante et Zadig infortuné.

Comme il se livrait à ce flux et à ce reflux de philosophie sublime et de douleur accablante, il avançait vers les frontières de l'Égypte ; et déjà son domestique fidèle était dans la première bourgade, où il lui cherchait un logement. Zadig cependant[1] se promenait vers les jardins qui bordaient ce village. Il vit, non loin du grand chemin, une femme éplorée qui appelait le ciel et la terre à son secours, et un homme furieux qui la suivait. Elle était déjà atteinte par lui, elle embrassait ses genoux. Cet homme l'accablait de coups et de reproches. Il jugea, à la violence de l'Égyptien et aux pardons réitérés que lui demandait la dame, que l'un était un jaloux, et l'autre une infidèle, mais quand il eut considéré cette femme, qui était d'une beauté touchante, et qui même ressemblait un peu à la malheureuse Astarté, il se sentit pénétré de compassion pour elle, et d'horreur pour l'Égyptien. « Secourez-moi, s'écria-t-elle à Zadig avec des sanglots ; tirez-moi des mains du plus barbare des hommes, sauvez-moi la vie ! »

À ces cris, Zadig courut se jeter entre elle et ce barbare. Il avait quelque connaissance de la langue égyptienne. Il lui dit en cette langue : « Si vous avez quelque humanité, je vous conjure de respecter la beauté et la faiblesse. Pouvez-vous outrager ainsi un chef-d'œuvre de la nature, qui est à vos pieds, et qui n'a pour sa défense que des larmes ? – Ah ! ah ! lui dit cet emporté, tu l'aimes donc aussi ! Et c'est de toi qu'il faut que je me venge. » En disant ces paroles, il laisse la dame, qu'il tenait d'une main par les cheveux, et, prenant sa lance, il veut en percer l'étranger. Celui-ci, qui était de sang-froid,

1. Pendant ce temps.

évita aisément le coup d'un furieux. Il se saisit de la lance près du fer dont elle est armée. L'un veut la retirer, l'autre l'arracher. Elle se brise entre leurs mains. L'Égyptien tire son épée; Zadig s'arme de la sienne. Ils s'attaquent l'un l'autre. Celui-là porte cent coups précipités; celui-ci les pare avec adresse. La dame, assise sur un gazon, rajuste sa coiffure, et les regarde. L'Égyptien était plus robuste que son adversaire, Zadig était plus adroit. Celui-ci se battait en homme dont la tête conduisait le bras, et celui-là comme un emporté dont une colère aveugle guidait les mouvements au hasard. Zadig passe à lui[2] et le désarme; et tandis que l'Égyptien, devenu plus furieux, veut se jeter sur lui, il le saisit, le presse, le fait tomber en lui tenant l'épée sur la poitrine; il lui offre de lui donner la vie. L'Égyptien, hors de lui, tire son poignard; il en blesse Zadig dans le temps même que le vainqueur lui pardonnait. Zadig, indigné, lui plonge son épée dans le sein. L'Égyptien jette un cri horrible, et meurt en se débattant.

Zadig alors s'avança vers la dame, et lui dit d'une voix soumise : « Il m'a forcé de le tuer : je vous ai vengée; vous êtes délivrée de l'homme le plus violent que j'aie jamais vu. Que voulez-vous maintenant de moi, Madame? – Que tu meures, scélérat, lui répondit-elle; que tu meures! Tu as tué mon amant; je voudrais pouvoir déchirer ton cœur. – En vérité, Madame, vous aviez là un étrange homme pour amant, lui répondit Zadig; il vous battait de toutes ses forces et il voulait m'arracher la vie parce que vous m'avez conjuré de vous secourir. – Je voudrais qu'il me battît encore, reprit la dame en poussant des cris. Je le méritais bien, je lui avais donné de la jalousie. Plût au ciel qu'il me battît, et que tu fusses à sa place! » Zadig, plus surpris et plus en colère qu'il ne l'avait été de sa vie, lui dit : « Madame, toute belle que vous êtes,

2. En escrime, mouvement permettant de se rapprocher de son adversaire tout en évitant son arme.

vous mériteriez que je vous battisse à mon tour, tant vous êtes extravagante ; mais je n'en prendrai pas la peine. » Là-dessus, il remonta sur son chameau, et avança vers le bourg. À peine avait-il fait quelques pas qu'il se retourne au bruit que faisaient quatre courriers[1] de Babylone. Ils venaient à toute bride. L'un d'eux, en voyant cette femme, s'écria : « C'est elle-même ! Elle ressemble au portrait qu'on nous en a fait. » Ils ne s'embarrassèrent pas du mort, et se saisirent incontinent de la dame. Elle ne cessait de crier à Zadig : « Secourez-moi encore une fois, étranger généreux ! je vous demande pardon de m'être plainte de vous : secourez-moi, et je suis à vous jusqu'au tombeau ! » L'envie avait passé à Zadig de se battre désormais pour elle. « À d'autres, répondit-il ; vous ne m'y attraperez plus. »

D'ailleurs il était blessé, son sang coulait, il avait besoin de secours ; et la vue des quatre Babyloniens, probablement envoyés par le roi Moabdar, le remplissait d'inquiétude. Il s'avance en hâte vers le village, n'imaginant pas pourquoi quatre courriers de Babylone venaient prendre cette Égyptienne, mais encore plus étonné du caractère de cette dame.

1. Cavaliers porteurs de messages.

Jean-Michel Moreau (le Jeune) [1741-1814], illustration pour le chapitre 9 de *Zadig*, BnF, Paris.

Chapitre 10

L'esclavage

COMME IL ENTRAIT DANS LA BOURGADE égyptienne, il se vit entouré par le peuple. Chacun criait : « Voilà celui qui a enlevé la belle Missouf, et qui vient d'assassiner Clétofis ! – Messieurs, dit-il, Dieu me préserve d'enlever jamais votre belle Missouf ! elle est trop capricieuse ; et, à l'égard de Clétofis, je ne l'ai point assassiné ; je me suis défendu seulement contre lui. Il voulait me tuer, parce que je lui avais demandé très humblement grâce pour la belle Missouf, qu'il battait impitoyablement. Je suis un étranger qui vient chercher un asile dans l'Égypte ; et il n'y a pas d'apparence qu'en venant demander votre protection, j'aie commencé par enlever une femme, et par assassiner un homme. »

Les Égyptiens étaient alors justes et humains. Le peuple conduisit Zadig à la maison de ville. On commença par le faire panser de sa blessure, et ensuite on l'interrogea, lui et son domestique séparément, pour savoir la vérité. On reconnut que Zadig n'était point un assassin ; mais il était coupable du sang d'un homme : la loi le condamnait à être esclave. On vendit au profit de la bourgade ses deux chameaux ; on distribua aux habitants tout l'or qu'il avait apporté ; sa personne fut exposée en vente dans la place publique, ainsi que celle de son compagnon de voyage. Un marchand arabe, nommé Sétoc, y mit l'enchère ; mais le valet, plus propre à la fatigue, fut vendu bien plus chèrement que le maître. On ne faisait pas de comparaison entre ces deux hommes. Zadig fut donc esclave subordonné à son valet : on les attacha ensemble avec une chaîne qu'on leur passa aux pieds, et en cet état, ils suivirent le marchand arabe dans sa maison. Zadig, en chemin, consolait son domestique, et l'exhortait à la patience; mais, selon sa coutume, il faisait des réflexions sur la vie humaine. « Je vois, lui disait-il, que les malheurs de ma destinée se répandent sur la tienne. Tout m'a tourné[1] jusqu'ici d'une façon bien étrange. J'ai été condamné à l'amende pour avoir vu passer une chienne; j'ai pensé être empalé pour un griffon; j'ai été envoyé au supplice parce que j'avais fait des vers à la louange du roi; j'ai été sur le point d'être étranglé parce que la reine avait des rubans jaunes, et me voici esclave avec toi parce qu'un brutal a battu sa maîtresse. Allons, ne perdons point courage; tout ceci finira peut-être; il faut bien que les marchands arabes aient des esclaves; et pourquoi ne le serais-je pas comme un autre, puisque je suis homme comme un autre? Ce marchand ne sera pas impitoyable; il faut qu'il traite bien ses esclaves, s'il en veut tirer des services. » Il parlait ainsi, et dans le fond de son cœur, il était occupé du sort de la reine de Babylone.

Sétoc, le marchand, partit deux jours après pour l'Arabie déserte[2] avec ses esclaves et ses chameaux. Sa tribu habitait vers le désert d'Horeb[3]. Le chemin fut long et pénible. Sétoc, dans la route, faisait bien plus de cas du valet que du maître, parce que le premier chargeait bien mieux les chameaux; et toutes les petites distinctions furent pour lui. Un chameau mourut à deux journées d'Horeb : on répartit sa charge sur le dos de chacun des serviteurs; Zadig en eut sa part. Sétoc se mit à rire en voyant tous ses esclaves marcher courbés. Zadig prit la liberté de lui en expliquer la raison, et lui apprit les lois de l'équilibre. Le marchand étonné commença à le regarder d'un autre œil. Zadig, voyant qu'il avait excité sa

1. Tout s'est produit pour moi.
2. Le désert de Syrie.
3. Du mont du Sinaï.

curiosité, la redoubla en lui apprenant beaucoup de choses qui n'étaient point étrangères à son commerce ; les pesanteurs spécifiques des métaux et des denrées sous un volume égal ; les propriétés de plusieurs animaux utiles ; le moyen de rendre tels ceux qui ne l'étaient pas ; enfin il lui parut un sage. Sétoc lui donna la préférence sur son camarade, qu'il avait tant estimé. Il le traita bien, et n'eut pas sujet de s'en repentir.

Arrivé dans sa tribu, Sétoc commença par redemander cinq cents onces d'argent à un Hébreu auquel il les avait prêtées en présence de deux témoins ; mais ces deux témoins étaient morts, et l'Hébreu, ne pouvant être convaincu[1], s'appropriait l'argent du marchand, en remerciant Dieu de ce qu'il lui avait donné le moyen de tromper un Arabe. Sétoc confia sa peine à Zadig, qui était devenu son conseil. « En quel endroit, demanda Zadig, prêtâtes-vous vos cinq cents onces à cet infidèle ? – Sur une large pierre, répondit le marchand, qui est auprès du mont Horeb. – Quel est le caractère de votre débiteur ? dit Zadig. – Celui d'un fripon, reprit Sétoc. – Mais je vous demande si c'est un homme vif ou flegmatique, avisé ou imprudent. – C'est de tous les mauvais payeurs, dit Sétoc, le plus vif que je connaisse. – Eh bien ! insista Zadig, permettez que je plaide votre cause devant le juge. » En effet, il cita l'Hébreu au tribunal, et il parla ainsi au juge : « Oreiller du Trône d'équité, je viens redemander à cet homme, au nom de mon maître, cinq cents onces d'argent qu'il ne veut pas rendre. – Avez-vous des témoins ? dit le juge. – Non, ils sont morts ; mais il reste une large pierre sur laquelle l'argent fut compté ; et s'il plaît à votre grandeur d'ordonner qu'on aille chercher la pierre, j'espère qu'elle portera témoignage ; nous resterons ici l'Hébreu et moi, en

1. Reconnu coupable.

attendant que la pierre vienne; je l'enverrai chercher aux dépens de Sétoc, mon maître. – Très volontiers », répondit le juge; et il se mit à expédier d'autres affaires.

À la fin de l'audience : « Eh bien! dit-il à Zadig, votre pierre n'est pas encore venue? » L'Hébreu, en riant, répondit : « Votre Grandeur resterait ici jusqu'à demain que la pierre ne serait pas encore arrivée; elle est à plus de six milles d'ici, et il faudrait quinze hommes pour la remuer. – Eh bien! s'écria Zadig, je vous avais bien dit que la pierre porterait témoignage; puisque cet homme sait où elle est, il avoue donc que c'est sur elle que l'argent fut compté. » L'Hébreu, déconcerté, fut bientôt contraint de tout avouer. Le juge ordonna qu'il serait lié à la pierre, sans boire ni manger, jusqu'à ce qu'il eût rendu les cinq cents onces, qui furent bientôt payées.

L'esclave Zadig et la pierre furent en grande recommandation[2] dans l'Arabie.

2. Estime, considération.

Chapitre 11

Le bûcher

SÉTOC, ENCHANTÉ, FIT DE SON ESCLAVE son ami intime. Il ne pouvait pas plus se passer de lui qu'avait fait le roi de Babylone; et Zadig fut heureux que Sétoc n'eût point de femme. Il découvrait dans son maître un naturel porté au bien, beaucoup de droiture et de bon sens. Il fut fâché de voir qu'il adorait l'armée céleste, c'est-à-dire le soleil, la lune, et les étoiles, selon l'ancien usage d'Arabie. Il lui en parlait quelquefois avec beaucoup de discrétion. Enfin il lui dit que c'étaient des corps comme les autres, qui ne méritaient pas plus son hommage qu'un arbre ou un rocher. « Mais, disait Sétoc, ce sont des êtres éternels dont nous tirons tous nos avantages; ils animent la nature; ils règlent les saisons; ils sont d'ailleurs si loin de nous qu'on ne peut pas s'empêcher de les révérer. – Vous recevez plus d'avantages, répondit Zadig, des eaux de la mer Rouge, qui porte vos marchandises aux Indes. Pourquoi ne serait-elle pas aussi ancienne que les étoiles? Et si vous adorez ce qui est éloigné de vous, vous devez adorer la terre des Gangarides[1], qui est aux extrémités du monde. – Non, disait Sétoc, les étoiles sont trop brillantes pour que je ne les adore pas. » Le soir venu, Zadig alluma un grand nombre de flambeaux dans la tente où il devait souper avec Sétoc; et dès que son patron parut, il se jeta à genoux devant ces cires allumées, et leur dit : « Éternelles et brillantes clartés, soyez-moi toujours propices! » Ayant proféré ces paroles, il se mit à table sans regarder Sétoc. « Que faites-vous donc? lui dit Sétoc étonné. Je fais comme vous, répondit Zadig;

1. Région près du Gange en Inde.

j'adore ces chandelles, et je néglige leur maître et le mien. » Sétoc comprit le sens profond de cet apologue[2]. La sagesse de son esclave entra dans son âme ; il ne prodigua plus son encens aux créatures, et adora l'Être éternel qui les a faites.

Il y avait alors dans l'Arabie une coutume affreuse, venue originairement de Scythie[3], et qui, s'étant établie dans les Indes par le crédit des bracmanes[4], menaçait d'envahir tout l'Orient. Lorsqu'un homme marié était mort, et que sa femme bien-aimée voulait être sainte, elle se brûlait en public sur le corps de son mari. C'était une fête solennelle qui s'appelait le *bûcher du veuvage*. La tribu dans laquelle il y avait eu le plus de femmes brûlées était la plus considérée. Un Arabe de la tribu de Sétoc étant mort, sa veuve, nommée Almona, qui était fort dévote, fit savoir le jour et l'heure où elle se jetterait dans le feu au son des tambours et des trompettes. Zadig remontra[5] à Sétoc combien cette horrible coutume était contraire au bien du genre humain ; qu'on laissait brûler tous les jours de jeunes veuves qui pouvaient donner des enfants à l'État, ou du moins élever les leurs ; et il le fit convenir qu'il fallait, si on pouvait, abolir un usage si barbare. Sétoc répondit : « Il y a plus de mille ans que les femmes sont en possession[6] de se brûler. Qui de nous osera changer une loi que le temps a consacrée ? Y a-t-il rien de plus respectable qu'un ancien abus ? – La raison est plus ancienne, reprit Zadig. Parlez aux chefs des tribus, et je vais trouver la jeune veuve. »

Il se fit présenter à elle ; et après s'être insinué dans son esprit[7] par des louanges sur sa beauté, après lui avoir dit combien c'était dommage de mettre au feu tant de charmes, il la loua encore sur sa constance et sur son courage. « Vous aimiez donc prodigieusement votre mari ? lui dit-il. – Moi ?

2. Petit récit donnant un enseignement moral, ancêtre de la fable.
3. Région asiatique dont l'emplacement a varié au cours de l'Histoire.
4. La caste la plus élevée chez les Hindous.
5. Fit remarquer.
6. En capacité de.
7. Gagner sa confiance.

point du tout, répondit la dame arabe. C'était un brutal, un jaloux, un homme insupportable; mais je suis fermement résolue de me jeter sur son bûcher. – Il faut, dit Zadig, qu'il y ait apparemment un plaisir bien délicieux à être brûlée vive. — Ah! cela fait frémir la nature, dit la dame; mais il faut en passer par là. Je suis dévote; je serais perdue de réputation, et tout le monde se moquerait de moi si je ne me brûlais pas. » Zadig, l'ayant fait convenir qu'elle se brûlait pour les autres et par vanité, lui parla longtemps d'une manière à lui faire aimer un peu la vie, et parvint même à lui inspirer quelque bienveillance pour celui qui lui parlait. « Que feriez-vous enfin, lui dit-il, si la vanité de vous brûler ne vous tenait pas? – Hélas! dit la dame, je crois que je vous prierais de m'épouser. »

Zadig était trop rempli de l'idée d'Astarté pour ne pas éluder cette déclaration; mais il alla dans l'instant trouver les chefs des tribus, leur dit ce qui s'était passé, et leur conseilla de faire une loi par laquelle il ne serait permis à une veuve de se brûler qu'après avoir entretenu un jeune homme tête à tête pendant une heure entière. Depuis ce temps, aucune dame ne se brûla en Arabie. On eut au seul Zadig l'obligation[1] d'avoir détruit en un jour une coutume si cruelle, qui durait depuis tant de siècles. Il était donc le bienfaiteur de l'Arabie.

1. La reconnaissance de.

Chapitre 12

Le souper

SÉTOC, QUI NE POUVAIT SE SÉPARER de cet homme en qui habitait la sagesse, le mena à la grande foire de Bassora[2], où devaient se rendre les plus grands négociants de la terre habitable. Ce fut pour Zadig une consolation sensible de voir tant d'hommes de diverses contrées réunis dans la même place. Il lui paraissait que l'univers était une grande famille qui se rassemblait à Bassora. Il se trouva à table, dès le second jour, avec un Égyptien, un Indien gangaride, un habitant du Cathay[3], un Grec, un Celte[4], et plusieurs autres étrangers qui, dans leurs fréquents voyages vers le golfe Arabique, avaient appris assez d'arabe pour se faire entendre. L'Égyptien paraissait fort en colère. « Quel abominable pays que Bassora ! disait-il ; on m'y refuse mille onces d'or sur le meilleur effet[5] du monde. – Comment donc ! dit Sétoc, sur quel effet vous a-t-on refusé cette somme ? – Sur le corps de ma tante, répondit l'Égyptien ; c'était la plus brave femme d'Égypte. Elle m'accompagnait toujours ; elle est morte en chemin : j'en ai fait une des plus belles momies que nous ayons ; et je trouverais dans mon pays tout ce que je voudrais en la mettant en gage[6]. Il est bien étrange qu'on ne veuille pas seulement me donner ici mille onces d'or sur un effet si solide. » Tout en se courrouçant, il était prêt de manger d'une excellente poule bouillie, quand l'Indien, le prenant par la main, s'écria avec douleur : « Ah ! qu'allez-vous faire ? – Manger de cette poule, dit l'homme à la momie. – Gardez-vous-en bien, dit le Gangaride ; il se pourrait faire que l'âme de la défunte fût passée dans le

2. Port sur le golfe Persique, actuellement en Irak.
3. La Chine du nord.
4. Population antique qui a occupé l'Europe occidentale.
5. Bien matériel servant de garantie lors d'un emprunt.
6. En déposant un bien comme garantie quand on emprunte de l'argent.

corps de cette poule, et vous ne voudriez pas vous exposer à manger votre tante. Faire cuire des poules, c'est outrager manifestement la nature. – Que voulez-vous dire avec votre nature et vos poules ? reprit le colérique Égyptien ; nous adorons un bœuf, et nous en mangeons bien. — Vous adorez un bœuf ! Est-il possible ? dit l'homme du Gange. – Il n'y a rien de si possible, repartit l'autre ; il y a cent trente-cinq mille ans que nous en usons ainsi, et personne parmi nous n'y trouve à redire. – Ah ! cent trente-cinq mille ans ! dit l'Indien, ce compte est un peu exagéré ; il n'y en a que quatre-vingt mille que l'Inde est peuplée, et assurément nous sommes vos anciens ; et Brama[1] nous avait défendu de manger des bœufs avant que vous vous fussiez avisés de les mettre sur les autels et à la broche. – Voilà un plaisant animal que votre Brama, pour le comparer à Apis[2] ! dit l'Égyptien ; qu'a donc fait votre Brama de si beau ? » Le bramin répondit : « C'est lui qui a appris aux hommes à lire et à écrire, et à qui toute la terre doit le jeu des échecs. – Vous vous trompez, dit un Chaldéen qui était auprès de lui ; c'est le poisson Oannès[3] à qui on doit de si grands bienfaits, et il est juste de ne rendre qu'à lui ses hommages. Tout le monde vous dira que c'était un être divin, qu'il avait la queue dorée, avec une belle tête d'homme, et qu'il sortait de l'eau pour venir prêcher à terre trois heures par jour. Il eut plusieurs enfants qui furent tous rois, comme chacun sait. J'ai son portrait chez moi, que je révère comme je le dois. On peut manger du bœuf tant qu'on veut ; mais c'est assurément une très grande impiété de faire cuire du poisson ; d'ailleurs vous êtes tous deux d'une origine trop peu noble et trop récente pour me rien disputer[4]. La nation égyptienne ne compte que cent trente-cinq mille ans, et les Indiens ne se vantent que de quatre-vingt mille, tandis que

1. Divinité de la religion hindoue.
2. Nom du bœuf égyptien divinisé.
3. Divinité chaldéenne, mi-homme, mi-poisson, qui aurait enseigné aux hommes les arts.
4. Discuter, rivaliser avec.

nous avons des almanachs[5] de quatre mille siècles. Croyez-moi, renoncez à vos folies, et je vous donnerai à chacun un beau portrait d'Oannès. »

L'homme de Cambalu[6], prenant la parole, dit : « Je respecte fort les Égyptiens, les Chaldéens, les Grecs, les Celtes, Brama, le bœuf Apis, le beau poisson Oannès ; mais peut-être que le Li ou le Tien[7], comme on voudra l'appeler, vaut bien les bœufs et les poissons. Je ne dirai rien de mon pays ; il est aussi grand que la terre d'Égypte, la Chaldée, et les Indes ensemble. Je ne dispute pas d'antiquité, parce qu'il suffit d'être heureux, et que c'est fort peu de chose d'être ancien ; mais, s'il fallait parler d'almanachs, je dirais que toute l'Asie prend les nôtres, et que nous en avions de fort bons avant qu'on sût l'arithmétique en Chaldée.

– Vous êtes de grands ignorants tous tant que vous êtes ! s'écria le Grec ; est-ce que vous ne savez pas que le chaos est le père de tout, et que la forme et la matière ont mis le monde dans l'état où il est ? » Ce Grec parla longtemps ; mais il fut enfin interrompu par le Celte, qui, ayant beaucoup bu pendant qu'on disputait, se crut alors plus savant que tous les autres, et dit en jurant qu'il n'y avait que Teutath[8] et le gui de chêne qui valussent la peine qu'on en parlât ; que, pour lui, il avait toujours du gui dans sa poche ; que les Scythes, ses ancêtres, étaient les seules gens de bien qui eussent jamais été au monde ; qu'ils avaient, à la vérité, quelquefois mangé des hommes, mais que cela n'empêchait pas qu'on ne dût avoir beaucoup de respect pour sa nation ; et qu'enfin, si quelqu'un parlait mal de Teutath, il lui apprendrait à vivre. La querelle s'échauffa pour lors, et Sétoc vit le moment où la table allait être ensanglantée. Zadig, qui avait gardé le silence pendant toute la dispute, se leva enfin : il s'adressa d'abord

5. Calendriers.
6. Capitale du Cathay, probablement Pékin.
7. Mots chinois qui signifient proprement : *Li* : « la lumière naturelle, la raison » et *Tien* : « le ciel », et qui signifient aussi « Dieu » (note de Voltaire).
8. Dieu gaulois auquel était associée la cérémonie de la cueillette du gui.

au Celte, comme au plus furieux ; il lui dit qu'il avait raison, et lui demanda du gui ; il loua le Grec sur son éloquence, et adoucit tous les esprits échauffés. Il ne dit que très peu de chose à l'homme du Cathay, parce qu'il avait été le plus raisonnable de tous. Ensuite il leur dit : « Mes amis, vous alliez vous quereller pour rien, car vous êtes tous du même avis. » À ce mot, ils se récrièrent tous. « N'est-il pas vrai, dit-il au Celte, que vous n'adorez pas ce gui, mais celui qui a fait le gui et le chêne ? – Assurément, répondit le Celte. – Et vous, monsieur l'Égyptien, vous révérez apparemment dans un certain bœuf celui qui vous a donné les bœufs ? – Oui, dit l'Égyptien. – Le poisson Oannès, continua-t-il, doit céder à celui qui a fait la mer et les poissons. – D'accord, dit le Chaldéen. – L'Indien, ajouta-t-il, et le Cathayen reconnaissent comme vous un premier principe ; je n'ai pas trop bien compris les choses admirables que le Grec a dites, mais je suis sûr qu'il admet aussi un Être supérieur, de qui la forme et la matière dépendent. » Le Grec, qu'on admirait, dit que Zadig avait très bien pris[1] sa pensée. « Vous êtes donc tous de même avis, répliqua Zadig, et il n'y a pas là de quoi se quereller. » Tout le monde l'embrassa. Sétoc, après avoir vendu fort cher ses denrées, reconduisit son ami Zadig dans sa tribu. Zadig apprit en arrivant qu'on lui avait fait son procès en son absence, et qu'il allait être brûlé à petit feu.

1. Compris.

Chapitre 13

Les rendez-vous

PENDANT SON VOYAGE À BASSORA, les prêtres des étoiles avaient résolu de le punir. Les pierreries et les ornements des jeunes veuves qu'ils envoyaient au bûcher leur appartenaient de droit ; c'était bien le moins qu'ils fissent brûler Zadig pour le mauvais tour qu'il leur avait joué. Ils accusèrent donc Zadig d'avoir des sentiments erronés sur l'armée céleste ; ils déposèrent contre lui, et jurèrent qu'ils lui avaient entendu dire que les étoiles ne se couchaient pas dans la mer. Ce blasphème effroyable fit frémir les juges ; ils furent prêts de déchirer leurs vêtements, quand ils ouïrent ces paroles impies, et ils l'auraient fait, sans doute, si Zadig avait eu de quoi les payer. Mais, dans l'excès de leur douleur, ils se contentèrent de le condamner à être brûlé à petit feu. Sétoc, désespéré, employa en vain son crédit pour sauver son ami ; il fut bientôt obligé de se taire. La jeune veuve Almona, qui avait pris beaucoup de goût à la vie, et qui en avait obligation à Zadig, résolut de le tirer du bûcher, dont il lui avait fait connaître l'abus. Elle roula son dessein[2] dans sa tête, sans en parler à personne. Zadig devait être exécuté le lendemain ; elle n'avait que la nuit pour le sauver : voici comme elle s'y prit en femme charitable et prudente[3].

Elle se parfuma ; elle releva sa beauté par l'ajustement[4] le plus riche et le plus galant, et alla demander une audience secrète au chef des prêtres des étoiles. Quand elle fut devant ce vieillard vénérable, elle lui parla en ces termes : « Fils aîné de la grande Ourse, frère du Taureau, cousin du grand Chien[5]

2. Réfléchit à son projet.
3. Habile, avisée.
4. Vêtement mettant son corps en valeur.
5. Grande Ourse, Taureau, Chien : nom de constellations.

(c'étaient les titres de ce pontife[1]), je viens vous confier mes scrupules. J'ai bien peur d'avoir commis un péché énorme en ne me brûlant pas dans le bûcher de mon cher mari. En effet, qu'avais-je à conserver ? Une chair périssable, et qui est déjà toute flétrie. » En disant ces paroles, elle tira de ses longues manches de soie, ses bras nus d'une forme admirable et d'une blancheur éblouissante. « Vous voyez, dit-elle, le peu que cela vaut. » Le pontife trouva dans son cœur que cela valait beaucoup. Ses yeux le dirent, et sa bouche le confirma : il jura qu'il n'avait vu de sa vie de si beaux bras. « Hélas ! lui dit la veuve, les bras peuvent être un peu moins mal que le reste ; mais vous m'avouerez que la gorge n'était pas digne de mes attentions. » Alors elle laissa voir le sein le plus charmant que la nature eût jamais formé. Un bouton de rose sur une pomme d'ivoire n'eût paru auprès que de la garance[2] sur du buis, et les agneaux sortant du lavoir auraient semblé d'un jaune brun. Cette gorge, ses grands yeux noirs qui languissaient en brillant doucement d'un feu tendre, ses joues animées de la plus belle pourpre mêlée au blanc de lait le plus pur ; son nez, qui n'était pas comme la tour du mont Liban[3] ; ses lèvres, qui étaient comme deux bordures de corail renfermant les plus belles perles de la mer d'Arabie, tout cela ensemble fit croire au vieillard qu'il avait vingt ans. Il fit en bégayant une déclaration tendre. Almona, le voyant enflammé, lui demanda la grâce de Zadig. « Hélas ! dit-il, ma belle dame, quand je vous accorderais sa grâce, mon indulgence ne servirait de rien ; il faut qu'elle soit signée de trois autres de mes confrères. – Signez toujours, dit Almona. – Volontiers, dit le prêtre, à condition que vos faveurs seront le prix de ma facilité[4]. – Vous me faites trop d'honneur, dit Almona ; ayez seulement pour agréable[5] de venir dans ma chambre après que le soleil sera couché, et dès

1. Haut religieux.
2. Teinture rouge extraite d'une plante du même nom.
3. Allusion parodique à une comparaison du *Cantique des Cantiques*, poème de la Bible vantant les charmes de la femme aimée.
4. Complaisance, attitude conciliante.
5. Ayez l'obligeance.

Félicien Rops (1833-1898), illustration pour le chapitre 13 de *Zadig*, BnF, Paris.

que la brillante étoile *Sheat*[1] sera sur l'horizon, vous me trouverez sur un sofa couleur de rose, et vous en userez comme vous pourrez avec votre servante. » Elle sortit alors, emportant avec elle la signature, et laissa le vieillard plein d'amour et de défiance de ses forces. Il employa le reste du jour à se baigner ; il but une liqueur composée de la cannelle de Ceylan[2], et des précieuses épices de Tidor et de Ternate[3], et attendit avec impatience que l'étoile *Sheat* vînt à paraître.

Cependant la belle Almona alla trouver le second pontife. Celui-ci l'assura que le soleil, la lune, et tous les feux du firmament n'étaient que des feux follets en comparaison de ses charmes. Elle lui demanda la même grâce, et on lui proposa d'en donner le prix. Elle se laissa vaincre, et donna rendez-vous au second pontife au lever de l'étoile *Algénib*[4]. De là elle passa chez le troisième et chez le quatrième prêtre, prenant toujours une signature, et donnant un rendez-vous d'étoile en étoile. Alors elle fit avertir les juges de venir chez elle pour une affaire importante. Ils s'y rendirent : elle leur montra les quatre noms, et leur dit à quel prix les prêtres avaient vendu la grâce de Zadig. Chacun d'eux arriva à l'heure prescrite ; chacun fut bien étonné d'y trouver ses confrères, et plus encore d'y trouver les juges devant qui leur honte fut manifestée. Zadig fut sauvé. Sétoc fut si charmé de l'habileté d'Almona, qu'il en fit sa femme. Zadig partit après s'être jeté aux pieds de sa belle libératrice. Sétoc et lui se quittèrent en pleurant, en se jurant une amitié éternelle et en se promettant que le premier des deux qui ferait une grande fortune en ferait part à l'autre.

Zadig marcha du côté de la Syrie, toujours pensant à la malheureuse Astarté, et toujours réfléchissant sur le sort qui s'obstinait à se jouer de lui et à le persécuter. « Quoi ! disait-il, quatre cents onces d'or pour avoir vu passer une chienne !

1. Étoile de la constellation de Pégase.
2. Le vieillard lui prête probablement une vertu aphrodisiaque.
3. Îles de l'archipel des Molluques dans le Pacifique.
4. Autre étoile de Pégase.

condamné à être décapité pour quatre mauvais vers à la louange du roi ! prêt à être étranglé parce que la reine avait des babouches de la couleur de mon bonnet ! réduit en esclavage pour avoir secouru une femme qu'on battait ! et sur le point d'être brûlé pour avoir sauvé la vie à toutes les jeunes veuves arabes ! »

Chapitre 14

Le brigand

EN ARRIVANT AUX FRONTIÈRES qui séparent l'Arabie Pétrée[5] de la Syrie, comme il passait près d'un château assez fort, des Arabes armés en sortirent. Il se vit entouré ; on lui criait : « Tout ce que vous avez nous appartient, et votre personne appartient à notre maître. » Zadig, pour réponse, tira son épée ; son valet, qui avait du courage, en fit autant. Ils renversèrent morts les premiers Arabes qui mirent la main sur eux ; le nombre redoubla ; ils ne s'étonnèrent point, et résolurent de périr en combattant. On voyait deux hommes se défendre contre une multitude ; un tel combat ne pouvait durer longtemps. Le maître du château, nommé Arbogad, ayant vu d'une fenêtre les prodiges de valeur que faisait Zadig, conçut de l'estime pour lui. Il descendit en hâte, et vint lui-même écarter ses gens, et délivrer les deux voyageurs. « Tout ce qui passe sur mes terres est à moi, dit-il, aussi bien que ce que je trouve sur les terres des autres ; mais vous me paraissez un si

5. Partie nord de la Péninsule arabique dont la capitale était Petra (actuellement en Jordanie).

brave[1] homme, que je vous exempte de la loi commune. » Il le fit entrer dans son château, ordonnant à ses gens de le bien traiter ; et le soir, Arbogad voulut souper avec Zadig.

Le seigneur du château était un de ces Arabes qu'on appelle *voleurs*[2] ; mais il faisait quelquefois de bonnes actions parmi une foule de mauvaises ; il volait avec une rapacité furieuse, et donnait libéralement[3] : intrépide dans l'action, assez doux dans le commerce, débauché à table, gai dans la débauche, et surtout plein de franchise. Zadig lui plut beaucoup ; sa conversation, qui s'anima, fit durer le repas ; enfin Arbogad lui dit : « Je vous conseille de vous enrôler sous moi[4], vous ne sauriez mieux faire ; ce métier-ci n'est pas mauvais ; vous pourrez un jour devenir ce que je suis. – Puis-je vous demander, dit Zadig, depuis quel temps vous exercez cette noble profession ? – Dès ma plus tendre jeunesse, reprit le seigneur. J'étais valet d'un Arabe assez habile ; ma situation m'était insupportable. J'étais au désespoir de voir que, dans toute la terre qui appartient également aux hommes, la destinée ne m'eût pas réservé ma portion. Je confiai mes peines à un vieil Arabe qui me dit : « Mon fils, ne désespérez pas ; il y avait autrefois un grain de sable qui se lamentait d'être un atome ignoré dans les déserts ; au bout de quelques années il devint diamant, et il est à présent le plus bel ornement de la couronne du roi des Indes. » Ce discours me fit impression ; j'étais le grain de sable, je résolus de devenir diamant. Je commençai par voler deux chevaux ; je m'associai des camarades ; je me mis en état de voler de petites caravanes : ainsi je fis cesser peu à peu la disproportion qui était d'abord entre les hommes et moi. J'eus ma part aux biens de ce monde, et je fus même dédommagé avec usure[5] : on me considéra beaucoup ; je devins seigneur brigand ; j'acquis ce château par voie de fait[6]. Le satrape de Syrie voulut m'en déposséder ; mais

1. Courageux.
2. Brigands arabes que mentionne la littérature de l'époque consacrée à l'Orient.
3. Généreusement.
4. Sous mes ordres.
5. Avec beaucoup d'intérêt.
6. Par la force.

j'étais déjà trop riche pour avoir rien à craindre ; je donnai de l'argent au satrape, moyennant quoi je conservai ce château, et j'agrandis mes domaines ; il me nomma même trésorier des tributs[7] que l'Arabie Pétrée payait au roi des rois. Je fis ma charge de receveur, et point du tout celle de payeur.

Le grand desterham de Babylone envoya ici, au nom du roi Moabdar, un petit satrape, pour me faire étrangler. Cet homme arriva avec son ordre : j'étais instruit de tout ; je fis étrangler en sa présence les quatre personnes qu'il avait amenées avec lui pour serrer le lacet ; après quoi je lui demandai ce que pouvait lui valoir la commission de m'étrangler. Il me répondit que ses honoraires pouvaient aller à trois cents pièces d'or. Je lui fis voir clair qu'il y aurait plus à gagner avec moi. Je le fis sous-brigand ; il est aujourd'hui un de mes meilleurs officiers, et des plus riches. Si vous m'en croyez, vous réussirez comme lui. Jamais la saison de voler n'a été meilleure, depuis que Moabdar est tué, et que tout est en confusion dans Babylone.

– Moabdar est tué ! dit Zadig ; et qu'est devenue la reine Astarté ? – Je n'en sais rien, reprit Arbogad ; tout ce que je sais, c'est que Moabdar est devenu fou, qu'il a été tué, que Babylone est un grand coupe-gorge, que tout l'empire est désolé[8], qu'il y a de beaux coups à faire encore, et que pour ma part, j'en ai fait d'admirables. – Mais la reine ? dit Zadig ; de grâce, ne savez-vous rien de la destinée de la reine ? – On m'a parlé d'un prince d'Hyrcanie, reprit-il ; elle est probablement parmi ses concubines, si elle n'a pas été tuée dans le tumulte ; mais je suis plus curieux de butin que de nouvelles. J'ai pris plusieurs femmes dans mes courses[9], je n'en garde aucune ; je les vends cher quand elles sont belles, sans m'informer de ce qu'elles sont. On n'achète point le rang ; une

7. Impôts.
8. Ravagé.
9. Expéditions dont le but est le pillage.

reine qui serait laide ne trouverait pas marchand[1] : peut-être ai-je vendu la reine Astarté, peut-être est-elle morte ; mais peu m'importe, et je pense que vous ne devez pas vous en soucier plus que moi. » En parlant ainsi, il buvait avec tant de courage[2], il confondait tellement toutes les idées, que Zadig n'en put tirer aucun éclaircissement.

Il restait interdit, accablé, immobile. Arbogad buvait toujours, faisait des contes, répétait sans cesse qu'il était le plus heureux de tous les hommes, exhortant Zadig à se rendre aussi heureux que lui. Enfin, doucement assoupi par les fumées du vin, il alla dormir d'un sommeil tranquille. Zadig passa la nuit dans l'agitation la plus violente. « Quoi, disait-il, le roi est devenu fou ! Il est tué ! Je ne puis m'empêcher de le plaindre. L'empire est déchiré, et ce brigand est heureux : ô fortune ! ô destinée ! un voleur est heureux, et ce que la nature a fait de plus aimable a péri peut-être d'une manière affreuse, ou vit dans un état pire que la mort. Ô Astarté ! qu'êtes-vous devenue ? »

Dès le point du jour, il interrogea tous ceux qu'il rencontrait dans le château ; mais tout le monde était occupé, personne ne lui répondit : on avait fait pendant la nuit de nouvelles conquêtes, on partageait les dépouilles. Tout ce qu'il put obtenir dans cette confusion tumultueuse, ce fut la permission de partir. Il en profita sans tarder, plus abîmé[3] que jamais dans ses réflexions douloureuses.

Zadig marchait inquiet, agité, l'esprit tout occupé de la malheureuse Astarté, du roi de Babylone, de son fidèle Cador, de l'heureux brigand Arbogad, de cette femme si capricieuse que des Babyloniens avaient enlevée sur les confins de l'Égypte, enfin de tous les contre-temps et de toutes les infortunes qu'il avait éprouvées.

1. Acheteur.
2. Ardeur.
3. Plongé.

Chapitre 15

Le pêcheur

À QUELQUES LIEUES DU CHÂTEAU d'Arbogad, il se trouva sur le bord d'une petite rivière, toujours déplorant sa destinée, et se regardant comme le modèle du malheur. Il vit un pêcheur couché sur la rive, tenant à peine d'une main languissante son filet, qu'il semblait abandonner, et levant les yeux vers le ciel.

« Je suis certainement le plus malheureux de tous les hommes, disait le pêcheur. J'ai été, de l'aveu de tout le monde, le plus célèbre marchand de fromages à la crème dans Babylone, et j'ai été ruiné. J'avais la plus jolie femme qu'homme de ma sorte pût posséder, et j'en ai été trahi. Il me restait une chétive[4] maison, je l'ai vue pillée et détruite. Réfugié dans une cabane, je n'ai de ressource que ma pêche, et je ne prends pas un poisson. Ô mon filet ! je ne te jetterai plus dans l'eau, c'est à moi de m'y jeter. » En disant ces mots il se lève, et s'avance dans l'attitude d'un homme qui allait se précipiter et finir sa vie.

« Eh quoi ! se dit Zadig à lui-même, il y a donc des hommes aussi malheureux que moi ! » L'ardeur de sauver la vie au pêcheur fut aussi prompte que cette réflexion. Il court à lui, il l'arrête, il l'interroge d'un air attendri et consolant. On prétend qu'on en est moins malheureux quand on ne l'est pas seul ; mais, selon Zoroastre, ce n'est pas par malignité[5], c'est par besoin. On se sent alors entraîné vers un infortuné comme vers son semblable. La joie d'un homme heureux serait une insulte ; mais deux malheureux sont comme deux

4. Pauvre, modeste.
5. Méchanceté.

arbrisseaux faibles qui, s'appuyant l'un sur l'autre, se fortifient contre l'orage.

« Pourquoi succombez-vous à vos malheurs ? dit Zadig au pêcheur. – C'est, répondit-il, parce que je n'y vois pas de ressource. J'ai été le plus considéré du village de Derlback auprès de Babylone, et je faisais, avec l'aide de ma femme, les meilleurs fromages à la crème de l'empire. La reine Astarté et le fameux ministre Zadig les aimaient passionnément. J'avais fourni à leurs maisons six cents fromages. J'allai un jour à la ville pour être payé ; j'appris en arrivant dans Babylone que la reine et Zadig avaient disparu. Je courus chez le seigneur Zadig, que je n'avais jamais vu ; je trouvai les archers du grand desterham, qui, munis d'un papier royal, pillaient sa maison loyalement et avec ordre. Je volai aux cuisines de la reine ; quelques-uns des seigneurs de la bouche me dirent qu'elle était morte ; d'autres dirent qu'elle était en prison ; d'autres prétendirent qu'elle avait pris la fuite ; mais tous m'assurèrent qu'on ne me paierait point mes fromages. J'allai avec ma femme chez le seigneur Orcan, qui était une de mes pratiques[1] : nous lui demandâmes sa protection dans notre disgrâce. Il l'accorda à ma femme, et me la refusa. Elle était plus blanche que ces fromages à la crème qui commencèrent mon malheur ; et l'éclat de la pourpre de Tyr[2] n'était pas plus brillant que l'incarnat[3] qui animait cette blancheur. C'est ce qui fit qu'Orcan la retint, et me chassa de sa maison. J'écrivis à ma chère femme la lettre d'un désespéré. Elle dit au porteur : « Ah, ah ! oui ! je sais quel est l'homme qui m'écrit, j'en ai entendu parler : on dit qu'il fait des fromages à la crème excellents ; qu'on m'en apporte, et qu'on les lui paie. » Dans mon malheur, je voulus m'adresser à la justice. Il me restait six onces d'or : il fallut en donner deux onces à l'homme de

1. Clients.
2. Ville de Phénicie (au Liban aujourd'hui) célèbre pour ses tissus de pourpre, colorant naturel rouge vif.
3. Couleur rose vif de la peau.

loi que je consultai, deux au procureur qui entreprit mon affaire, deux au secrétaire du premier juge. Quand tout cela fut fait, mon procès n'était pas encore commencé, et j'avais déjà dépensé plus d'argent que mes fromages et ma femme ne valaient. Je retournai à mon village dans l'intention de vendre ma maison pour avoir ma femme.

Ma maison valait bien soixante onces d'or; mais on me voyait pauvre et pressé de vendre. Le premier à qui je m'adressai m'en offrit trente onces; le second, vingt; et le troisième, dix. J'étais prêt enfin de conclure, tant j'étais aveuglé, lorsqu'un prince d'Hyrcanie vint à Babylone, et ravagea tout sur son passage. Ma maison fut d'abord saccagée, et ensuite brûlée.

Ayant ainsi perdu mon argent, ma femme et ma maison, je me suis retiré dans ce pays où vous me voyez; j'ai tâché de subsister du métier de pêcheur. Les poissons se moquent de moi comme les hommes. Je ne prends rien, je meurs de faim; et sans vous, auguste consolateur, j'allais mourir dans la rivière. »

Le pêcheur ne fit point ce récit tout de suite[4]; car à tout moment Zadig, ému et transporté, lui disait : « Quoi ! vous ne savez rien de la destinée de la reine ? Non, seigneur, répondait le pêcheur; mais je sais que la reine et Zadig ne m'ont point payé mes fromages à la crème, qu'on a pris ma femme, et que je suis au désespoir. – Je me flatte, dit Zadig, que vous ne perdrez pas tout votre argent. J'ai entendu parler de ce Zadig; il est honnête homme; et s'il retourne à Babylone, comme il l'espère, il vous donnera plus qu'il ne vous doit; mais pour votre femme, qui n'est pas si honnête, je vous conseille de ne pas chercher à la reprendre. Croyez-moi, allez à Babylone; j'y serai avant vous, parce que je suis à cheval, et que vous êtes à pied. Adressez-vous à l'illustre Cador; dites-

4. En une seule fois.

lui que vous avez rencontré son ami ; attendez-moi chez lui ; allez ; peut-être ne serez-vous pas toujours malheureux.

« Ô puissant Orosmade ! continua-t-il, vous vous servez de moi pour consoler cet homme ; de qui vous servirez-vous pour me consoler ? » En parlant ainsi, il donnait au pêcheur la moitié de tout l'argent qu'il avait apporté d'Arabie, et le pêcheur, confondu[1] et ravi, baisait les pieds de l'ami de Cador, et disait : « Vous êtes un ange sauveur. »

Cependant Zadig demandait toujours des nouvelles, et versait des larmes. « Quoi ! Seigneur, s'écria le pêcheur, vous seriez donc aussi malheureux, vous qui faites du bien ? – Plus malheureux que toi cent fois, répondait Zadig. – Mais comment se peut-il faire, disait le bonhomme, que celui qui donne soit plus à plaindre que celui qui reçoit ? – C'est que ton plus grand malheur, reprit Zadig, était le besoin, et que je suis infortuné par le cœur. – Orcan vous aurait-il pris votre femme ? » dit le pêcheur. Ce mot rappela dans l'esprit de Zadig toutes ses aventures ; il répétait la liste de ses infortunes, à commencer depuis la chienne de la reine jusqu'à son arrivée chez le brigand Arbogad. « Ah ! dit-il au pêcheur, Orcan mérite d'être puni. Mais d'ordinaire ce sont ces gens-là qui sont les favoris de la destinée. Quoi qu'il en soit, va chez le seigneur Cador, et attends-moi. » Ils se séparèrent : le pêcheur marcha en remerciant son destin, et Zadig courut en accusant toujours le sien.

1. Très troublé.

Analyse d'images ▶ p. 144

Un Fil d'or

John Melhuish Strudwick (1849-1937),
huile sur toile (72,4 x 42,5 cm),
Tate Collection, Londres.

La Roue de la Fortune

Louis Testelin (1615-1665), papier beige, pierre noire (11,3 x 30 cm), vers 1651-1652, musée du Louvre, Paris.

Kairos

Copie d'après Lysippe (v. 395-v. 305 av. J.-C.), bas-relief d'un sarcophage, IIe siècle, museo dell'Antichita, Turin.

Les Ailes du désir

Photogramme du film de Wim Wenders (né en 1945), 1987, avec Bruno Ganz.

Chapitre 16

Le basilic[2]

ARRIVÉ DANS UNE BELLE PRAIRIE, il y vit plusieurs femmes qui cherchaient quelque chose avec beaucoup d'application. Il prit la liberté de s'approcher de l'une d'elles, et de lui demander s'il pouvait avoir l'honneur de les aider dans leurs recherches. « Gardez-vous-en bien, répondit la Syrienne ; ce que nous cherchons ne peut être touché que par des femmes. – Voilà qui est bien étrange, dit Zadig ; oserai-je vous prier de m'apprendre ce que c'est qu'il n'est permis qu'aux femmes de toucher ? – C'est un basilic, dit-elle. – Un basilic, madame ! et pour quelle raison, s'il vous plaît, cherchez-vous un basilic ? – C'est pour notre seigneur et maître Ogul, dont vous voyez le château sur le bord de cette rivière, au bout de la prairie. Nous sommes ses très humbles esclaves ; le seigneur Ogul est malade ; son médecin lui a ordonné de manger un basilic cuit dans l'eau rose[3] ; et comme c'est un animal fort rare, et qui ne se laisse jamais prendre que par des femmes, le seigneur Ogul a promis de choisir pour sa femme bien-aimée celle de nous qui lui apporterait un basilic : laissez-moi chercher, s'il vous plaît, car vous voyez ce qu'il m'en coûterait si j'étais prévenue[4] par mes compagnes. »

Zadig laissa cette Syrienne et les autres chercher leur basilic, et continua de marcher dans la prairie. Quand il fut au bord d'un petit ruisseau, il y trouva une autre dame couchée sur le gazon, et qui ne cherchait rien. Sa taille paraissait majestueuse, mais son visage était couvert d'un voile. Elle était penchée vers le ruisseau ; de profonds soupirs sortaient

2. Serpent fabuleux dont le regard tuait tous les êtres vivants, sauf les femmes.
3. Liqueur de roses.
4. Devancée.

de sa bouche. Elle tenait en main une petite baguette, avec laquelle elle traçait des caractères sur un sable fin qui se trouvait entre le gazon et le ruisseau. Zadig eut la curiosité de voir ce que cette femme écrivait; il s'approcha, il vit la lettre Z, puis un A; il fut étonné; puis parut un D; il tressaillit. Jamais surprise ne fut égale à la sienne, quand il vit les deux dernières lettres de son nom. Il demeura quelque temps immobile; enfin, rompant le silence d'une voix entrecoupée : « Ô généreuse dame! pardonnez à un étranger, à un infortuné, d'oser vous demander par quelle aventure étonnante je trouve ici le nom de ZADIG tracé de votre main divine. » À cette voix, à ces paroles, la dame releva son voile d'une main tremblante, regarda Zadig, jeta un cri d'attendrissement, de surprise et de joie, et succombant sous tous les mouvements divers qui assaillaient à la fois son âme, elle tomba évanouie entre ses bras. C'était Astarté elle-même, c'était la reine de Babylone, c'était celle que Zadig adorait, et qu'il se reprochait d'adorer; c'était celle dont il avait tant pleuré et tant craint la destinée. Il fut un moment privé de l'usage de ses sens; et quand il eut attaché ses regards sur les yeux d'Astarté, qui se rouvraient avec une langueur mêlée de confusion et de tendresse : « Ô puissances immortelles! s'écria-t-il, qui présidez aux destins des faibles humains, me rendez-vous Astarté? En quel temps, en quels lieux, en quel état la revois-je? » Il se jeta à genoux devant Astarté, et il attacha son front à la poussière de ses pieds. La reine de Babylone le relève, et le fait asseoir auprès d'elle sur le bord de ce ruisseau; elle essuyait à plusieurs reprises ses yeux dont les larmes recommençaient toujours à couler. Elle reprenait vingt fois des discours que ses gémissements interrompaient; elle l'interrogeait sur le hasard qui les rassemblait, et prévenait soudain ses réponses

Z/A

Cette scène, où Zadig surprend Astarté traçant les lettres de son nom, fait écho au chapitre 3 où les animaux signaient aussi leur passage. Mais la trace révèle ici à Zadig l'amour d'Astarté. Symboliquement, les deux premières lettres, Z et A, sont les initiales de leurs noms et les deux lettres qui ouvrent et ferment l'alphabet romain. ■

Zadig retrouve Astarté, estampe, BnF, Paris.

par d'autres questions. Elle entamait le récit de ses malheurs, et voulait savoir ceux de Zadig. Enfin tous deux ayant un peu apaisé le tumulte de leurs âmes, Zadig lui conta en peu de mots par quelle aventure il se trouvait dans cette prairie. « Mais, ô malheureuse et respectable reine ! Comment vous retrouvé-je en ce lieu écarté, vêtue en esclave, et accompagnée d'autres femmes esclaves qui cherchent un basilic pour le faire cuire dans de l'eau rose par ordonnance du médecin ?

– Pendant qu'elles cherchent leur basilic, dit la belle Astarté, je vais vous apprendre tout ce que j'ai souffert, et tout ce que je pardonne au ciel depuis que je vous revois. Vous savez que le roi mon mari trouva mauvais que vous fussiez le plus aimable de tous les hommes ; et ce fut pour cette raison qu'il prit une nuit la résolution de vous faire étrangler et de m'empoisonner. Vous savez comme le ciel permit que mon petit muet m'avertît de l'ordre de sa sublime majesté. À peine le fidèle Cador vous eut-il forcé de m'obéir et de partir, qu'il osa entrer chez moi au milieu de la nuit par une issue secrète. Il m'enleva, et me conduisit dans le temple d'Orosmade, où le mage, son frère, m'enferma dans une statue colossale dont la base touche aux fondements du temple, et dont la tête atteint la voûte. Je fus là comme ensevelie, mais servie par le mage, et ne manquant d'aucune chose nécessaire. Cependant, au point du jour, l'apothicaire[1] de Sa Majesté entra dans ma chambre avec une potion mêlée de jusquiame, d'opium, de ciguë, d'ellébore noir, et d'aconit[2] ; et un autre officier alla chez vous avec un lacet de soie bleue. On ne trouva personne. Cador, pour mieux tromper le roi, feignit de venir nous accuser tous deux. Il dit que vous aviez pris la route des Indes, et moi celle de Memphis[3] : on envoya des satellites après vous et après moi.

1. Ancêtre du pharmacien, qui préparait les remèdes.
2. Plantes toxiques pour la plupart. Le roi souhaite empoisonner Astarté.
3. Ancienne capitale d'Égypte.

Les courriers qui me cherchaient ne me connaissaient pas. Je n'avais presque jamais montré mon visage qu'à vous seul, en présence et par ordre de mon époux. Ils coururent à ma poursuite, sur le portrait qu'on leur faisait de ma personne : une femme de la même taille que moi, et qui peut-être avait plus de charmes, s'offrit à leurs regards sur les frontières de l'Égypte. Elle était éplorée, errante. Ils ne doutèrent pas que cette femme ne fût la reine de Babylone ; ils la menèrent à Moabdar. Leur méprise fit entrer d'abord le roi dans une violente colère ; mais bientôt, ayant considéré de plus près cette femme, il la trouva très belle, et fut consolé. On l'appelait Missouf. On m'a dit depuis que ce nom signifie en langue égyptienne *la belle capricieuse*. Elle l'était en effet ; mais elle avait autant d'art[4] que de caprice. Elle plut à Moabdar. Elle le subjugua au point de se faire déclarer sa femme. Alors son caractère se développa tout entier : elle se livra sans crainte à toutes les folies de son imagination. Elle voulut obliger le chef des mages, qui était vieux et goutteux[5], de danser devant elle ; et sur le refus du mage, elle le persécuta violemment. Elle ordonna à son grand écuyer de lui faire une tourte de confitures. Le grand écuyer eut beau lui représenter qu'il n'était point pâtissier, il fallut qu'il fît la tourte ; et on le chassa, parce qu'elle était trop brûlée. Elle donna la charge de grand écuyer à son nain ; et la place de chancelier à un page. C'est ainsi qu'elle gouverna Babylone. Tout le monde me regrettait. Le roi, qui avait été assez honnête homme jusqu'au moment où il avait voulu m'empoisonner et vous faire étrangler, semblait avoir noyé ses vertus dans l'amour prodigieux qu'il avait pour la belle capricieuse. Il vint au temple le grand jour du feu sacré. Je le vis implorer les dieux pour Missouf aux pieds de la statue où j'étais

4. Habileté.
5. Atteint de la goutte, maladie douloureuse qui affecte les articulations, notamment des orteils.

renfermée. J'élevai la voix; je lui criai : “Les dieux refusent les vœux d'un roi devenu tyran, qui a voulu faire mourir une femme raisonnable pour épouser une extravagante.” Moabdar fut confondu de ces paroles au point que sa tête se troubla. L'oracle que j'avais rendu[1] et la tyrannie de Missouf suffisaient pour lui faire perdre le jugement. Il devint fou en peu de jours.

Sa folie, qui parut un châtiment du ciel, fut le signal de la révolte. On se souleva, on courut aux armes. Babylone, si longtemps plongée dans une mollesse oisive, devint le théâtre d'une guerre civile affreuse. On me tira du creux de ma statue, et on me mit à la tête d'un parti. Cador courut à Memphis, pour vous ramener à Babylone. Le prince d'Hyrcanie, apprenant ces funestes nouvelles, revint avec son armée faire un troisième parti dans la Chaldée. Il attaqua le roi, qui courut au-devant de lui avec son extravagante Égyptienne. Moabdar mourut percé de coups. Missouf tomba aux mains du vainqueur. Mon malheur voulut que je fusse prise moi-même par un parti hyrcanien, et qu'on me menât devant le prince précisément dans le temps qu'on lui amenait Missouf. Vous serez flatté, sans doute, en apprenant que le prince me trouva plus belle que l'Égyptienne; mais vous serez fâché d'apprendre qu'il me destina à son sérail. Il me dit fort résolument que, dès qu'il aurait fini une expédition militaire qu'il allait exécuter, il viendrait à moi. Jugez de ma douleur. Mes liens avec Moabdar étaient rompus, je pouvais être à Zadig; et je tombais dans les chaînes de ce barbare. Je lui répondis avec toute la fierté que me donnaient mon rang et mes sentiments. J'avais toujours entendu dire que le ciel attachait aux personnes de ma sorte un caractère de grandeur qui, d'un mot et d'un coup d'œil, faisait rentrer dans l'abaissement du

1. Sentence prophétique.

plus profond respect les téméraires qui osaient s'en écarter. Je parlai en reine, mais je fus traitée en demoiselle suivante. L'Hyrcanien, sans daigner seulement m'adresser la parole, dit à son eunuque noir que j'étais une impertinente, mais qu'il me trouvait jolie. Il lui ordonna d'avoir soin de moi et de me mettre au régime des favorites, afin de me rafraîchir le teint, et de me rendre plus digne de ses faveurs pour le jour où il aurait la commodité[2] de m'en honorer. Je lui dis que je me tuerais : il répliqua en riant qu'on ne se tuait point, qu'il était fait à ces façons-là, et me quitta comme un homme qui vient de mettre un perroquet dans sa ménagerie. Quel état pour la première reine de l'univers, et, je dirai plus, pour un cœur qui était à Zadig ! »

À ces paroles il se jeta à ses genoux et les baigna de larmes. Astarté le releva tendrement, et elle continua ainsi : « Je me voyais au pouvoir d'un barbare, et rivale d'une folle avec qui j'étais renfermée. Elle me raconta son aventure d'Égypte. Je jugeai par les traits dont elle vous peignait, par le temps, par le dromadaire sur lequel vous étiez monté, par toutes les circonstances, que c'était Zadig qui avait combattu pour elle. Je ne doutai pas que vous ne fussiez à Memphis ; je pris la résolution de m'y retirer. "Belle Missouf, lui dis-je, vous êtes beaucoup plus plaisante que moi, vous divertirez bien mieux que moi le prince d'Hyrcanie. Facilitez-moi les moyens de me sauver ; vous régnerez seule ; vous me rendrez heureuse, en vous débarrassant d'une rivale". Missouf concerta[3] avec moi les moyens de ma fuite. Je partis donc secrètement avec une esclave égyptienne.

« J'étais déjà près de l'Arabie, lorsqu'un fameux voleur, nommé Arbogad, m'enleva, et me vendit à des marchands qui m'ont amenée dans ce château, où demeure le seigneur

2. La convenance, l'opportunité.
3. Projeta.

Ogul. Il m'a achetée sans savoir qui j'étais. C'est un homme voluptueux qui ne cherche qu'à faire grande chère, et qui croit que Dieu l'a mis au monde pour tenir table. Il est d'un embonpoint excessif, qui est toujours prêt à le suffoquer. Son médecin, qui n'a que peu de crédit auprès de lui quand il digère bien, le gouverne despotiquement quand il a trop mangé. Il lui a persuadé qu'il le guérirait avec un basilic cuit dans de l'eau rose. Le seigneur Ogul a promis sa main à celle de ses esclaves qui lui apporterait un basilic. Vous voyez que je les laisse s'empresser à mériter cet honneur, et je n'ai jamais eu moins d'envie de trouver ce basilic que depuis que le ciel a permis que je vous revisse. »

Alors Astarté et Zadig se dirent tout ce que des sentiments longtemps retenus, tout ce que leurs malheurs et leurs amours pouvaient inspirer aux cœurs les plus nobles et les plus passionnés ; et les génies qui président à l'amour portèrent leurs paroles jusqu'à la sphère de Vénus[1].

Les femmes rentrèrent chez Ogul sans avoir rien trouvé. Zadig se fit présenter à lui, et lui parla en ces termes : « Que la santé immortelle descende du ciel pour avoir soin de tous vos jours ! Je suis médecin, j'ai accouru vers vous sur le bruit de votre maladie, et je vous ai apporté un basilic cuit dans de l'eau rose. Ce n'est pas que je prétende vous épouser : je ne vous demande que la liberté d'une jeune esclave de Babylone que vous avez depuis quelques jours ; et je consens de rester en esclavage à sa place, si je n'ai pas le bonheur de guérir le magnifique seigneur Ogul. »

La proposition fut acceptée. Astarté partit pour Babylone avec le domestique de Zadig, en lui promettant de lui envoyer incessamment un courrier, pour l'instruire de tout ce qui se serait passé. Leurs adieux furent aussi tendres que l'avait été

1. Étoile de l'amour.

leur reconnaissance[2]. Le moment où l'on se retrouve, et celui où l'on se sépare, sont les deux plus grandes époques de la vie, comme dit le grand livre du Zend. Zadig aimait la reine autant qu'il le jurait, et la reine aimait Zadig plus qu'elle ne le lui disait.

Cependant Zadig parla ainsi à Ogul : « Seigneur, on ne mange point mon basilic, toute sa vertu doit entrer chez vous par les pores. Je l'ai mis dans une petite outre[3] bien enflée et couverte d'une peau fine : il faut que vous poussiez cette outre de toute votre force, et que je vous la renvoie à plusieurs reprises; et en peu de jours de régime vous verrez ce que peut mon art. » Ogul, dès le premier jour, fut tout essoufflé, et crut qu'il mourrait de fatigue. Le second il fut moins fatigué, et dormit mieux. En huit jours, il recouvra toute la force, la santé, la légèreté, et la gaieté de ses plus brillantes années. « Vous avez joué au ballon, et vous avez été sobre, lui dit Zadig : apprenez qu'il n'y a point de basilic dans la nature, qu'on se porte toujours bien avec de la sobriété et de l'exercice, et que l'art de faire subsister ensemble l'intempérance et la santé est un art aussi chimérique que la pierre philosophale[4], l'astrologie judiciaire[5] et la théologie des mages. »

Le premier médecin d'Ogul, sentant combien cet homme était dangereux pour la médecine, s'unit avec l'apothicaire du corps pour envoyer Zadig chercher des basilics dans l'autre monde. Ainsi, après avoir été toujours puni pour avoir bien fait, il était près de périr pour avoir guéri un seigneur gourmand. On l'invita à un excellent dîner. Il devait être empoisonné au second service; mais il reçut un courrier de la belle Astarté au premier. Il quitta la table, et partit. « Quand on est aimé d'une belle femme, dit le grand Zoroastre, on se tire toujours d'affaire dans ce monde. »

2. Leurs retrouvailles.
3. Récipient destiné à transporter des liquides.
4. Pierre légendaire censée transformer le plomb en or.
5. Partie de l'astrologie qui s'occupe de l'influence des planètes sur la vie des personnes.

Chapitre 17

Les combats

LA REINE AVAIT ÉTÉ REÇUE à Babylone avec les transports[1] qu'on a toujours pour une belle princesse qui a été malheureuse. Babylone alors paraissait être plus tranquille. Le prince d'Hyrcanie avait été tué dans un combat. Les Babyloniens, vainqueurs, déclarèrent qu'Astarté épouserait celui qu'on choisirait pour souverain. On ne voulut point que la première place du monde, qui serait celle de mari d'Astarté et de roi de Babylone, dépendît des intrigues et des cabales. On jura de reconnaître pour roi le plus vaillant et le plus sage. Une grande lice[2], bordée d'amphithéâtres magnifiquement ornés, fut formée à quelques lieues de la ville. Les combattants devaient s'y rendre armés de toutes pièces. Chacun d'eux avait derrière les amphithéâtres un appartement séparé, où il ne devait être vu ni connu de personne. Il fallait courir quatre lances[3]. Ceux qui seraient assez heureux pour vaincre quatre chevaliers devaient combattre ensuite les uns contre les autres; de façon que celui qui resterait le dernier maître du camp serait proclamé le vainqueur des jeux. Il devait revenir quatre jours après avec les mêmes armes, et expliquer les énigmes proposées par les mages. S'il n'expliquait point les énigmes, il n'était point roi, et il fallait recommencer à courir des lances, jusqu'à ce qu'on trouvât un homme qui fût vainqueur dans ces deux combats; car on voulait absolument pour roi le plus vaillant et le plus sage. La reine, pendant tout ce temps, devait être étroitement gardée : on lui permettait seulement d'assister aux jeux, couverte d'un voile; mais on

1. Émotion très vive.
2. Champ clos où se déroulaient les tournois.
3. Combattre quatre fois.

ne souffrait pas qu'elle parlât à aucun des prétendants, afin qu'il n'y eût ni faveur ni injustice.

Voilà ce qu'Astarté faisait savoir à son amant, espérant qu'il montrerait pour elle plus de valeur et d'esprit que personne. Il partit, et pria Vénus de fortifier son courage et d'éclairer son esprit. Il arriva sur le rivage de l'Euphrate la veille de ce grand jour. Il fit inscrire sa devise parmi celles des combattants, en cachant son visage et son nom, comme la loi l'ordonnait, et alla se reposer dans l'appartement qui lui échut par le sort. Son ami Cador, qui était revenu à Babylone, après l'avoir inutilement cherché en Égypte, fit porter dans sa loge une armure complète que la reine lui envoyait. Il lui fit amener aussi de sa part le plus beau cheval de Perse. Zadig reconnut Astarté à ces présents : son courage et son amour en prirent de nouvelles forces et de nouvelles espérances.

Le lendemain, la reine étant venue se placer sous un dais de pierreries, et les amphithéâtres étant remplis de toutes les dames et de tous les ordres de Babylone, les combattants parurent dans le cirque. Chacun d'eux vint mettre sa devise aux pieds du grand mage. On tira au sort les devises ; celle de Zadig fut la dernière. Le premier qui s'avança était un seigneur très riche, nommé Itobad, fort vain[4], peu courageux, très maladroit, et sans esprit. Ses domestiques l'avaient persuadé qu'un homme comme lui devait être roi ; il leur avait répondu : « Un homme comme moi doit régner. » Ainsi on l'avait armé de pied en cap. Il portait une armure d'or émaillée de vert, un panache[5] vert, une lance ornée de rubans verts. On s'aperçut d'abord, à la manière dont Itobad gouvernait son cheval, que ce n'était pas un homme comme lui à qui le ciel réservait le sceptre[6] de Babylone. Le premier cavalier qui courut contre lui le désarçonna ; le second le ren-

4. Vaniteux.
5. Faisceau de plumes qui orne une coiffure.
6. Emblème de la royauté.

versa sur la croupe de son cheval, les deux jambes en l'air et les bras étendus. Itobad se remit, mais de si mauvaise grâce que tout l'amphithéâtre se mit à rire. Un troisième ne daigna pas se servir de sa lance; mais en lui faisant une passe[1], il le prit par la jambe droite, et lui faisant faire un demi-tour, il le fit tomber sur le sable : les écuyers des jeux accoururent à lui en riant, et le remirent en selle. Le quatrième combattant le prend par la jambe gauche, et le fait tomber de l'autre côté. On le conduisit avec des huées à sa loge, où il devait passer la nuit selon la loi; et il disait en marchant à peine : « Quelle aventure pour un homme comme moi! »

Les autres chevaliers s'acquittèrent mieux de leur devoir. Il y en eut qui vainquirent deux combattants de suite; quelques-uns allèrent jusqu'à trois. Il n'y eut que le prince Otame qui en vainquit quatre. Enfin Zadig combattit à son tour : il désarçonna quatre cavaliers de suite avec toute la grâce possible. Il fallut donc voir qui serait vainqueur d'Otame ou de Zadig. Le premier portait des armes bleues et or, avec un panache de même; celles de Zadig étaient blanches. Tous les vœux se partageaient entre le cavalier bleu et le cavalier blanc. La reine, à qui le cœur palpitait, faisait des prières au ciel pour la couleur blanche.

Les deux champions[2] firent des passes et des voltes[3] avec tant d'agilité, ils se donnèrent de si beaux coups de lance, ils étaient si fermes sur leurs arçons[4], que tout le monde, hors la reine, souhaitait qu'il y eût deux rois dans Babylone. Enfin, leurs chevaux étant lassés et leurs lances rompues, Zadig usa de cette adresse : il passe derrière le prince bleu, s'élance sur la croupe de son cheval, le prend par le milieu du corps, le jette à terre, se met en selle à sa place, et caracole autour d'Otame étendu sur la place. Tout l'amphithéâtre crie :

1. Terme technique désignant une position des jambes dans la manière d'avancer vers son adversaire.
2. Combattant en champ clos, dans un tournoi par exemple.
3. Mouvement circulaire du cheval dans le tournoi.
4. Les deux pièces courbes qui forment le corps de la selle.

« Victoire au chevalier blanc ! » Otame, indigné, se relève, tire son épée ; Zadig saute de cheval, le sabre à la main. Les voilà tous deux sur l'arène, livrant un nouveau combat, où la force et l'agilité triomphent tour à tour. Les plumes de leur casque, les clous de leurs brassards[5], les mailles de leur armure sautent au loin sous mille coups précipités. Ils frappent de pointe et de taille[6], à droite, à gauche, sur la tête, sur la poitrine ; ils reculent, ils avancent, ils se mesurent, ils se rejoignent, ils se saisissent, ils se replient comme des serpents, ils s'attaquent comme des lions ; le feu jaillit à tout moment des coups qu'ils se portent. Enfin Zadig, ayant un moment repris ses esprits, s'arrête, fait une feinte, passe[7] sur Otame, le fait tomber, le désarme, et Otame s'écrie : « Ô chevalier blanc ! c'est vous qui devez régner sur Babylone. » La reine était au comble de la joie. On reconduisit le chevalier bleu et le chevalier blanc chacun à leur loge, ainsi que tous les autres, selon ce qui était porté par la loi. Des muets vinrent les servir et leur apporter à manger. On peut juger si le petit muet de la reine ne fut pas celui qui servit Zadig. Ensuite on les laissa dormir seuls jusqu'au lendemain matin, temps où le vainqueur devait apporter sa devise au grand mage, pour la confronter et se faire reconnaître.

Zadig dormit, quoique amoureux, tant il était fatigué. Itobad, qui était couché auprès de lui[8], ne dormit point. Il se leva pendant la nuit, entra dans sa loge, prit les armes blanches de Zadig avec sa devise, et mit son armure verte à la place. Le point du jour étant venu, il alla fièrement au grand mage déclarer qu'un homme comme lui était vainqueur. On ne s'y attendait pas ; mais il fut proclamé pendant que Zadig dormait encore. Astarté, surprise, et le désespoir dans le cœur, s'en retourna dans Babylone. Tout l'amphithéâtre

5. Pièce d'armure qui protège le bras.
6. Avec la pointe et le tranchant de l'épée.
7. Le saisit à la taille ou au cou.
8. Dans la loge voisine.

était déjà presque vide lorsque Zadig s'éveilla ; il chercha ses armes, et ne trouva que cette armure verte. Il était obligé de s'en couvrir, n'ayant rien autre chose auprès de lui. Étonné et indigné, il les endosse avec fureur, il avance dans cet équipage.

Tout ce qui était encore sur l'amphithéâtre et dans le cirque le reçut avec des huées. On l'entourait ; on lui insultait en face[1]. Jamais homme n'essuya des mortifications si humiliantes. La patience lui échappa ; il écarta à coups de sabre la populace qui osait l'outrager ; mais il ne savait quel parti prendre. Il ne pouvait voir la reine ; il ne pouvait réclamer l'armure blanche qu'elle lui avait envoyée : c'eût été la compromettre ; ainsi, tandis qu'elle était plongée dans la douleur, il était pénétré de fureur et d'inquiétude. Il se promenait sur les bords de l'Euphrate, persuadé que son étoile le destinait à être malheureux sans ressource, repassant dans son esprit toutes ses disgrâces depuis l'aventure de la femme qui haïssait les borgnes, jusqu'à celle de son armure. « Voilà ce que c'est, disait-il, de m'être éveillé trop tard ; si j'avais moins dormi, je serais roi de Babylone, je posséderais Astarté. Les sciences, les mœurs, le courage n'ont donc jamais servi qu'à mon infortune. » Il lui échappa enfin de murmurer contre la Providence[2], et il fut tenté de croire que tout était gouverné par une destinée cruelle qui opprimait les bons et qui faisait prospérer les chevaliers verts. Un de ses chagrins était de porter cette armure verte qui lui avait attiré tant de huées. Un marchand passa, il la lui vendit à vil prix, et prit du marchand une robe et un bonnet long. Dans cet équipage, il côtoyait l'Euphrate, rempli de désespoir et accusant en secret la Providence qui le persécutait toujours.

1. Offenser par des outrages.
2. C'est la première occurence du mot.

Chapitre 18

L'ermite

IL RENCONTRA EN MARCHANT UN ERMITE[3], dont la barbe blanche et vénérable lui descendait jusqu'à la ceinture. Il tenait en main un livre qu'il lisait attentivement. Zadig s'arrêta, et lui fit une profonde inclination. L'ermite le salua d'un air si noble et si doux, que Zadig eut la curiosité de l'entretenir. Il lui demanda quel livre il lisait. « C'est le livre des destinées, dit l'ermite ; voulez-vous en lire quelque chose ? » Il mit le livre dans les mains de Zadig, qui, tout instruit qu'il était dans plusieurs langues, ne put déchiffrer un seul caractère du livre. Cela redoubla encore sa curiosité. « Vous me paraissez bien chagrin, lui dit ce bon père. – Hélas ! que j'en ai sujet ! dit Zadig. – Si vous permettez que je vous accompagne, repartit le vieillard, peut-être vous serai-je utile : j'ai quelquefois répandu des sentiments de consolation dans l'âme des malheureux. » Zadig se sentit du respect pour l'air, pour la barbe, et pour le livre de l'ermite. Il lui trouva dans la conversation des lumières supérieures. L'ermite parlait de la destinée, de la justice, de la morale, du souverain bien, de la faiblesse humaine, des vertus et des vices, avec une éloquence si vive et si touchante que Zadig se sentit entraîné vers lui par un charme invincible. Il le pria avec instance de ne le point quitter, jusqu'à ce qu'ils fussent de retour à Babylone. « Je vous demande moi-même cette grâce, lui dit le vieillard ; jurez-moi par Orosmade que vous ne vous séparerez point de moi d'ici à quelques jours, quelque chose que je fasse. » Zadig jura, et ils partirent ensemble.

3. Religieux vivant dans la solitude.

Les deux voyageurs arrivèrent le soir à un château superbe. L'ermite demanda l'hospitalité pour lui et pour le jeune homme qui l'accompagnait. Le portier, qu'on aurait pris pour un grand seigneur, les introduisit avec une espèce de bonté dédaigneuse. On les présenta à un principal domestique, qui leur fit voir les appartements magnifiques du maître. Ils furent admis à sa table au bas bout[1], sans que le seigneur du château les honorât d'un regard; mais ils furent servis comme les autres avec délicatesse et profusion. On leur donna ensuite à laver dans un bassin d'or garni d'émeraudes et de rubis. On les mena coucher dans un bel appartement, et le lendemain matin un domestique leur apporta à chacun une pièce d'or, après quoi on les congédia.

« Le maître de la maison, dit Zadig en chemin, me paraît être un homme généreux, quoique un peu fier; il exerce noblement l'hospitalité. » En disant ces paroles, il aperçut qu'une espèce de poche très large que portait l'ermite paraissait tendue et enflée : il y vit le bassin d'or garni de pierreries, que celui-ci avait volé. Il n'osa d'abord en rien témoigner; mais il était dans une étrange surprise.

Vers le midi, l'ermite se présenta à la porte d'une maison très petite, où logeait un riche avare; il y demanda l'hospitalité pour quelques heures. Un vieux valet mal habillé le reçut d'un ton rude, et fit entrer l'ermite et Zadig dans l'écurie, où on leur donna quelques olives pourries, de mauvais pain, et de la bière gâtée. L'ermite but et mangea d'un air aussi content que la veille; puis s'adressant à ce vieux valet qui les observait tous deux pour voir s'ils ne volaient rien, et qui les pressait de partir, il lui donna les deux pièces d'or qu'il avait reçues le matin, et le remercia de toutes ses attentions. « Je vous prie, ajouta-t-il, faites-moi parler à votre maître. » Le valet, étonné,

1. La place la moins noble.

introduisit les deux voyageurs : « Magnifique[2] seigneur, dit l'ermite, je ne puis que vous rendre de très humbles grâces de la manière noble dont vous nous avez reçus : daignez accepter ce bassin d'or comme un faible gage de ma reconnaissance. » L'avare fut près de tomber à la renverse. L'ermite ne lui donna pas le temps de revenir de son saisissement ; il partit au plus vite avec son jeune voyageur. « Mon père, lui dit Zadig, qu'est-ce que tout ce que je vois ? Vous ne me paraissez ressembler en rien aux autres hommes : vous volez un bassin d'or garni de pierreries à un seigneur qui vous reçoit magnifiquement, et vous le donnez à un avare qui vous traite avec indignité. – Mon fils, répondit le vieillard, cet homme magnifique, qui ne reçoit les étrangers que par vanité, et pour faire admirer ses richesses, deviendra plus sage ; l'avare apprendra à exercer l'hospitalité : ne vous étonnez de rien, et suivez-moi. » Zadig ne savait encore s'il avait affaire au plus fou ou au plus sage de tous les hommes ; mais l'ermite parlait avec tant d'ascendant que Zadig, lié d'ailleurs par son serment, ne put s'empêcher de le suivre.

Ils arrivèrent le soir à une maison agréablement bâtie, mais simple, où rien ne sentait ni la prodigalité[3] ni l'avarice. Le maître était un philosophe retiré du monde, qui cultivait en paix la sagesse et la vertu, et qui cependant ne s'ennuyait pas. Il s'était plu à bâtir cette retraite dans laquelle il recevait les étrangers avec une noblesse qui n'avait rien de l'ostentation. Il alla lui-même au-devant des deux voyageurs, qu'il fit reposer d'abord dans un appartement commode. Quelque temps après, il les vint prendre lui-même pour les inviter à un repas propre et bien entendu[4], pendant lequel il parla avec discrétion[5] des dernières révolutions de Babylone. Il parut sincèrement attaché à la reine, et souhaita que Zadig

2. Fastueux, somptueux.
3. Tendance à dépenser excessivement, à gaspiller.
4. Bien conçu.
5. Discernement.

eût paru dans la lice pour disputer la couronne. « Mais les hommes, ajouta-t-il, ne méritent pas d'avoir un roi comme Zadig. » Celui-ci rougissait, et sentait redoubler ses douleurs. On convint dans la conversation que les choses de ce monde n'allaient pas toujours au gré des plus sages. L'ermite soutint toujours qu'on ne connaissait pas les voies de la Providence, et que les hommes avaient tort de juger d'un tout dont ils n'apercevaient que la plus petite partie.

On parla des passions. « Ah ! qu'elles sont funestes ! disait Zadig. – Ce sont les vents qui enflent les voiles du vaisseau, repartit l'ermite : elles le submergent quelquefois ; mais sans elles il ne pourrait voguer. La bile rend colère et malade ; mais sans la bile l'homme ne saurait vivre. Tout est dangereux ici-bas, et tout est nécessaire. »

On parla de plaisir, et l'ermite prouva que c'est un présent de la Divinité ; « Car, dit-il, l'homme ne peut se donner ni sensation ni idées, il reçoit tout ; la peine et le plaisir lui viennent d'ailleurs comme son être. »

Zadig admirait comment un homme qui avait fait des choses si extravagantes pouvait raisonner si bien. Enfin, après un entretien aussi instructif qu'agréable, l'hôte reconduisit ses deux voyageurs dans leur appartement, en bénissant le ciel qui lui avait envoyé deux hommes si sages et si vertueux. Il leur offrit de l'argent d'une manière aisée et noble qui ne pouvait déplaire. L'ermite le refusa, et lui dit qu'il prenait congé de lui, comptant partir pour Babylone avant le jour. Leur séparation fut tendre, Zadig surtout se sentait plein d'estime et d'inclination pour un homme si aimable.

Quand l'ermite et lui furent dans leur appartement, ils firent longtemps l'éloge de leur hôte. Le vieillard au point du jour éveilla son camarade. « Il faut partir, dit-il ; mais tandis que tout le monde dort encore, je veux laisser à cet homme un témoignage de mon estime et de mon affection. » En disant ces mots, il prit un flambeau, et mit le feu à la maison. Zadig, épouvanté, jeta des cris, et voulut l'empêcher de commettre une action si affreuse. L'ermite l'entraînait par une force supérieure ; la maison était enflammée. L'ermite, qui était déjà assez loin avec son compagnon, la regardait brûler tranquillement. « Dieu merci ! dit-il, voilà la maison de mon cher hôte détruite de fond en comble ! L'heureux homme ! » À ces mots Zadig fut tenté à la fois d'éclater de rire, de dire des injures au révérend père, de le battre, et de s'enfuir ; mais il ne fit rien de tout cela, et, toujours subjugué par l'ascendant de l'ermite, il le suivit malgré lui à la dernière couchée[1].

Ce fut chez une veuve charitable et vertueuse qui avait un neveu de quatorze ans, plein d'agréments et son unique espérance. Elle fit du mieux qu'elle put les honneurs de sa maison. Le lendemain, elle ordonna à son neveu d'accompagner les voyageurs jusqu'à un pont qui, étant rompu depuis peu, était devenu un passage dangereux. Le jeune homme, empressé, marche au-devant d'eux. Quand ils furent sur le pont : « Venez, dit l'ermite au jeune homme, il faut que je marque ma reconnaissance à votre tante. » Il le prend alors par les cheveux, et le jette dans la rivière. L'enfant tombe, reparaît un moment sur l'eau, et est engouffré dans le torrent. « Ô monstre ! ô le plus scélérat de tous les hommes ! s'écria Zadig. – Vous m'aviez promis plus de patience, lui dit l'ermite en l'interrompant : apprenez que sous les ruines de cette maison où la Providence a mis le feu, le maître a trouvé un trésor immense ; apprenez que ce jeune homme dont la Providence a tordu le cou aurait assassiné sa tante dans un an, et vous dans deux. – Qui te l'a dit, barbare ? cria Zadig ; et quand tu

1. Lieu pour dormir.

« Ô monstre ! ô le plus scélérat de tous les hommes ! »,
gravure pour le chapitre 18 de *Zadig*, BnF, Paris.

aurais lu cet événement dans ton livre des destinées, t'est-il permis de noyer un enfant qui ne t'a point fait de mal ? »

Tandis que le Babylonien parlait, il aperçut que le vieillard n'avait plus de barbe, que son visage prenait les traits de la jeunesse. Son habit d'ermite disparut ; quatre belles ailes couvraient un corps majestueux et resplendissant de lumière. « Ô envoyé du ciel ! Ô ange divin ! s'écria Zadig en se prosternant, tu es donc descendu de l'empyrée[1] pour apprendre à un faible mortel à se soumettre aux ordres éternels ? Les hommes, dit l'ange Jesrad[2], jugent de tout sans rien connaître : tu étais celui de tous les hommes qui méritait le plus d'être éclairé. » Zadig lui demanda la permission de parler. « Je me défie de moi-même, dit-il ; mais oserai-je te prier de m'éclaircir un doute : ne vaudrait-il pas mieux avoir corrigé cet enfant, et l'avoir rendu vertueux, que de le noyer ? » Jesrad reprit : « S'il avait été vertueux, et s'il eût vécu, son destin était d'être assassiné lui-même avec la femme qu'il devait épouser, et le fils qui en devait naître. Mais quoi ! dit Zadig, il est donc nécessaire qu'il y ait des crimes et des malheurs ? et les malheurs tombent sur les gens de bien ! – Les méchants, répondit Jesrad, sont toujours malheureux : ils servent à éprouver un petit nombre de justes répandus sur la terre, et il n'y a point de mal dont il ne naisse un bien. – Mais, dit Zadig, s'il n'y avait que du bien, et point de mal ? – Alors, reprit Jesrad, cette terre serait une autre terre, l'enchaînement des événements serait un autre ordre de sagesse ; et cet ordre, qui serait parfait, ne peut être que dans la demeure éternelle de l'Être suprême, de qui le mal ne peut approcher. Il a créé des millions de mondes, dont aucun ne peut ressembler à l'autre. Cette immense variété est un attribut de sa puissance immense. Il n'y a ni deux feuilles d'arbre sur

Leibniz

L'ange développe la conception du philosophe Leibniz (1646-1716) : l'univers dans lequel nous vivons est le meilleur possible. On peut imaginer d'autres mondes, mais ils obéiraient à une autre logique, Dieu étant capable d'en créer une infinie variété. Voltaire a adhéré à cette philosophie sous l'influence de Madame du Châtelet, mais il n'est pas certain que ce soit encore le cas quand il écrit *Zadig*, et il s'en moquera ouvertement dans *Candide*. ■

1. Séjour des dieux dans la mythologie.
2. Nom forgé par Voltaire, qui évoque, entre autres, le premier principe du Bien, selon Zoroastre.

la terre, ni deux globes dans les champs infinis du ciel, qui soient semblables, et tout ce que tu vois sur le petit atome où tu es né devait être dans sa place et dans son temps fixe, selon les ordres immuables de celui qui embrasse tout. Les hommes pensent que cet enfant qui vient de périr est tombé dans l'eau par hasard, que c'est par un même hasard que cette maison est brûlée ; mais il n'y a point de hasard : tout est épreuve, ou punition, ou récompense, ou prévoyance. Souviens-toi de ce pêcheur qui se croyait le plus malheureux de tous les hommes. Orosmade t'a envoyé pour changer sa destinée. Faible mortel ! cesse de disputer contre ce qu'il faut adorer. – Mais, dit Zadig… » Comme il disait *mais*, l'ange prenait déjà son vol vers la dixième sphère[1]. Zadig, à genoux, adora la Providence, et se soumit. L'ange lui cria du haut des airs : « Prends ton chemin vers Babylone. »

Chapitre 19

Les énigmes

ZADIG, HORS DE LUI-MÊME et comme un homme auprès de qui est tombé le tonnerre, marchait au hasard. Il entra dans Babylone le jour où ceux qui avaient combattu dans la lice étaient déjà assemblés dans le grand vestibule du palais pour expliquer les énigmes, et pour répondre aux questions du grand mage. Tous les chevaliers étaient arrivés, excepté l'armure verte. Dès que Zadig parut dans la ville, le peuple

1. La dernière sphère du ciel selon Ptolémée dans sa description de l'univers. Cette description est restée en vigueur jusqu'à la révolution copernicienne.

s'assembla autour de lui; les yeux ne se rassasiaient point de le voir, les bouches de le bénir, les cœurs de lui souhaiter l'empire. L'Envieux le vit passer, frémit, et se détourna; le peuple le porta jusqu'au lieu de l'assemblée. La reine, à qui on apprit son arrivée, fut en proie à l'agitation de la crainte et de l'espérance; l'inquiétude la dévorait : elle ne pouvait comprendre ni pourquoi Zadig était sans armes, ni comment Itobad portait l'armure blanche. Un murmure confus s'éleva à la vue de Zadig. On était surpris et charmé de le revoir; mais il n'était permis qu'aux chevaliers qui avaient combattu de paraître dans l'assemblée.

« J'ai combattu comme un autre, dit-il; mais un autre porte ici mes armes; et en attendant que j'aie l'honneur de le prouver, je demande la permission de me présenter pour expliquer les énigmes. » On alla aux voix : sa réputation de probité[2] était encore si fortement imprimée dans les esprits qu'on ne balança[3] pas à l'admettre.

Le grand mage proposa d'abord cette question : « Quelle est de toutes les choses du monde la plus longue et la plus courte, la plus prompte et la plus lente, la plus divisible et la plus étendue, la plus négligée et la plus regrettée, sans qui rien ne se peut faire, qui dévore tout ce qui est petit, et qui vivifie tout ce qui est grand ? »

C'était à Itobad à parler. Il répondit qu'un homme comme lui n'entendait rien aux énigmes, et qu'il lui suffisait d'avoir vaincu à grands coups de lance. Les uns dirent que le mot de l'énigme était la fortune, d'autres la terre, d'autres la lumière. Zadig dit que c'était le temps : « Rien n'est plus long, ajouta-t-il, puisqu'il est la mesure de l'éternité; rien n'est plus court, puisqu'il manque à tous nos projets; rien n'est plus lent pour qui attend; rien de plus rapide pour qui

Le goût du romanesque

Dans les derniers chapitres, Voltaire s'inspire largement de l'écrivain italien L'Arioste, auteur du *Roland furieux* (1516), lui-même héritier des romans de chevalerie médiévaux. On peut songer également à l'épisode des prétendants dans l'*Odyssée* d'Homère, imité dans *Les Aventures de Télémaque* (1699) par Fénelon. Aussi épris de rationalité qu'il soit, Voltaire prend plaisir à raconter ces épisodes romanesques. ■

2. Honnêteté.
3. Hésita.

jouit ; il s'étend jusqu'à l'infini en grand ; il se divise jusque dans l'infini en petit ; tous les hommes le négligent, tous en regrettent la perte ; rien ne se fait sans lui ; il fait oublier tout ce qui est indigne de la postérité, et il immortalise les grandes choses. » L'assemblée convint que Zadig avait raison.

On demanda ensuite : « Quelle est la chose qu'on reçoit sans remercier, dont on jouit sans savoir comment, qu'on donne aux autres quand on ne sait où l'on en est, et qu'on perd sans s'en apercevoir ? »

Chacun dit son mot : Zadig devina seul que c'était la vie. Il expliqua toutes les autres énigmes avec la même facilité. Itobad disait toujours que rien n'était plus aisé, et qu'il en serait venu à bout tout aussi facilement s'il avait voulu s'en donner la peine. On proposa des questions sur la justice, sur le souverain bien, sur l'art de régner. Les réponses de Zadig furent jugées les plus solides. « C'est bien dommage, disait-on, qu'un si bon esprit soit un si mauvais cavalier. – Illustres seigneurs, dit Zadig, j'ai eu l'honneur de vaincre dans la lice. C'est à moi qu'appartient l'armure blanche. Le seigneur Itobad s'en empara pendant mon sommeil : il jugea apparemment qu'elle lui siérait mieux que la verte. Je suis prêt à lui prouver d'abord devant vous, avec ma robe et mon épée, contre toute cette belle armure blanche qu'il m'a prise, que c'est moi qui ai eu l'honneur de vaincre le brave Otame. »

Itobad accepta le défi avec la plus grande confiance. Il ne doutait pas qu'étant casqué, cuirassé, brassardé, il ne vînt aisément à bout d'un champion en bonnet de nuit et en robe de chambre. Zadig tira son épée, en saluant la reine, qui le regardait, pénétrée de joie et de crainte. Itobad tira la sienne, en ne saluant personne. Il s'avança sur Zadig comme un homme qui n'avait rien à craindre. Il était prêt à lui fendre la tête : Zadig sut parer le coup, en opposant ce qu'on appelle le fort de l'épée[1] au faible de son adversaire, de façon que l'épée d'Itobad se rompit. Alors Zadig, saisissant son ennemi au corps, le renversa par terre ; et lui portant la pointe de son épée au défaut de la cuirasse : « Laissez-vous désarmer, dit-il, ou je vous tue. » Itobad, toujours surpris des disgrâces qui arrivaient à un homme comme lui, laissa faire Zadig, qui lui ôta paisiblement son magnifique casque, sa superbe cuirasse, ses beaux brassards, ses brillants cuissards, s'en revêtit, et courut dans cet équipage se jeter aux genoux d'Astarté. Cador prouva aisément que l'armure appartenait à Zadig. Il fut reconnu roi d'un consentement unanime, et surtout de celui d'Astarté, qui goûtait, après tant d'adversités, la douceur de voir son amant digne aux yeux de l'univers d'être son époux. Itobad alla se faire appeler monseigneur dans sa maison. Zadig fut roi, et fut heureux. Il avait présent à l'esprit ce que lui avait dit l'ange Jesrad. Il se souvenait même du grain de sable devenu diamant. La reine et lui adorèrent la Providence. Zadig laissa la belle capricieuse Missouf courir le monde. Il envoya chercher le brigand Arbogad, auquel il donna un grade honorable dans son armée, avec promesse de l'avancer aux premières dignités s'il se comportait en vrai guerrier, et de le faire pendre s'il faisait le métier de brigand.

Sétoc fut appelé du fond de l'Arabie, avec la belle Almona, pour être à la tête du commerce de Babylone. Cador fut placé et chéri selon ses services ; il fut l'ami du roi, et le roi fut alors le seul monarque de la terre qui eût un ami. Le petit muet ne fut pas oublié. On donna une belle maison au pêcheur. Orcan fut condamné à lui payer une grosse somme, et à lui rendre sa femme ; mais le pêcheur, devenu sage, ne prit que l'argent.

1. La partie la plus proche de la garde (la poignée), le « faible » est la partie la plus éloignée.

Ni la belle Sémire ne se consolait d'avoir cru que Zadig serait borgne, ni Azora ne cessait de pleurer d'avoir voulu lui couper le nez. Il adoucit leurs douleurs par des présents. L'Envieux mourut de rage et de honte. L'empire jouit de la paix, de la gloire, et de l'abondance : ce fut le plus beau siècle de la terre; elle était gouvernée par la justice et par l'amour. On bénissait Zadig, et Zadig bénissait le ciel.

Alcide Théophile Robaudi (1850-1928), *Zadig et Astarté* (1893), BnF, Paris.

Appendices

Les deux chapitres suivants ne se trouvent point dans les éditions imprimées.

La danse

SÉTOC DEVAIT ALLER, POUR LES AFFAIRES de son commerce, dans l'île de Serendib ; mais le premier mois de son mariage, qui est, comme on sait, la lune du Miel, ne lui permettait ni de quitter sa femme, ni de croire qu'il pût jamais la quitter : il pria son ami Zadig de faire pour lui le voyage. « Hélas ! disait Zadig, faut-il que je mette encore un plus vaste espace entre la belle Astarté et moi ? Mais il faut servir mes bienfaiteurs. » Il dit, il pleura, et il partit.

Il ne fut pas longtemps dans l'île de Serendib sans y être regardé comme un homme extraordinaire. Il devint l'arbitre de tous les différents entre les négociants, l'ami des sages, le conseil du petit nombre de gens qui prennent conseil. Le roi voulut le voir et l'entendre. Il connut bientôt tout ce que valait Zadig ; il eut confiance en sa sagesse, et en fit son ami. La familiarité et l'estime du roi fit trembler Zadig. Il était nuit et jour pénétré du malheur que lui avaient attiré les bontés de Moabdar. « Je plais au roi, disait-il, ne serai-je pas perdu ? » Cependant il ne pouvait se dérober aux caresses de Sa Majesté : car il faut avouer que Nabussan, roi de Serendib, fils de Nussanab, fils de Nabassun, fils de Sanbusna, était un des meilleurs princes de l'Asie, et que, quand on lui parlait, il était difficile de ne le pas aimer.

Serendib (Serendip)

Nom qui désigne probablement l'île de Ceylan (actuel Sri Lanka). Il figure dans le titre d'un conte oriental, *Les Aventures des trois Princes de Serendip*, qui a fait l'objet de multiples adaptations en Occident, et dont un épisode est proche du chapitre 3 de Zadig. L'intérêt pour ce récit a donné naissance à la notion de *serendipity* en anglais, récemment introduite en France dans la communauté scientifique (voir « Question d'actualité », p. 152-158). ■

Ce bon prince était toujours loué, trompé, et volé : c'était à qui pillerait ses trésors. Le receveur-général de l'île de Serendib donnait toujours cet exemple, fidèlement suivi par les autres. Le roi le savait : il avait changé de trésorier plusieurs fois ; mais il n'avait pu changer la mode établie de partager les revenus du roi en deux moitiés inégales, dont la plus petite revenait toujours à Sa Majesté, et la plus grosse aux administrateurs.

Le roi Nabussan confia sa peine au sage Zadig. « Vous qui savez tant de belles choses, lui dit-il, ne sauriez-vous pas le moyen de me faire trouver un trésorier qui ne me vole point ? – Assurément, répondit Zadig, je sais une façon infaillible de vous donner un homme qui ait les mains nettes. » Le roi, charmé, lui demanda, en l'embrassant, comment il fallait s'y prendre. « Il n'y a, dit Zadig, qu'à faire danser tous ceux qui se présenteront pour la dignité de trésorier, et celui qui dansera avec le plus de légèreté sera infailliblement le plus honnête homme. – Vous vous moquez, dit le roi ; voilà une plaisante façon de choisir un receveur de mes finances. Quoi ! vous prétendez que celui qui fera le mieux un entrechat sera le financier le plus intègre et le plus habile ! – Je ne vous réponds pas qu'il sera le plus habile, repartit Zadig ; mais je vous assure que ce sera indubitablement le plus honnête homme. » Zadig parlait avec tant de confiance, que le roi crut qu'il avait quelque secret surnaturel pour connaître les financiers. « Je n'aime pas le surnaturel, dit Zadig ; les gens et les livres à prodiges m'ont toujours déplu : si Votre Majesté veut me laisser faire l'épreuve que je lui propose, elle sera bien convaincue que mon secret est la chose la plus simple et la plus aisée. » Nabussan, roi de Serendib, fut bien plus étonné d'entendre que ce secret était simple, que si on le lui avait donné pour un miracle : « Or bien, dit-il, faites comme vous l'entendrez. – Laissez-moi faire, dit Zadig, vous gagnerez à cette épreuve plus que vous ne pensez. » Le jour même il fit publier, au nom du roi, que tous ceux qui prétendaient à l'emploi de haut receveur des deniers de sa gracieuse majesté Nabussan, fils de Nussanab, eussent à se rendre, en habits de soie légère, le premier de la lune du crocodile, dans l'antichambre du roi. Ils s'y rendirent au nombre de soixante et quatre. On avait fait venir des violons[1] dans un salon voisin; tout était préparé pour le bal; mais la porte de ce salon était fermée, et il fallait, pour y entrer, passer par une petite galerie assez obscure. Un huissier vint chercher et introduire chaque candidat, l'un après l'autre, par ce passage dans lequel on le laissait seul quelques minutes. Le roi, qui avait le mot, avait étalé tous ses trésors dans cette galerie. Lorsque tous les prétendants furent arrivés dans le salon, sa majesté ordonna qu'on les fît danser. Jamais on ne dansa plus pesamment et avec moins de grâce; ils avaient tous la tête baissée, les reins courbés, les mains collées à leurs côtés. « Quels fripons! » disait tout bas Zadig. Un seul d'entre eux formait des pas avec agilité, la tête haute, le regard assuré, les bras étendus, le corps droit, le jarret ferme. « Ah! l'honnête homme! le brave homme! » disait Zadig. Le roi embrassa ce bon danseur, le déclara trésorier, et tous les autres furent punis et taxés avec la plus grande justice du monde : car chacun, dans le temps qu'il avait été dans la galerie, avait rempli ses poches, et pouvait à peine marcher. Le roi fut fâché pour la nature humaine que de ces soixante et quatre danseurs il y eût soixante et trois filous. La galerie obscure fut appelée *le corridor de la tentation*. On aurait, en Perse, empalé ces soixante et trois seigneurs; en d'autres pays, on eût fait une chambre de

1. Violonistes.

justice[2] qui eût consommé en frais le triple de l'argent volé, et qui n'eût rien remis dans les coffres du souverain ; dans un autre royaume, ils se seraient pleinement justifiés, et auraient fait disgracier ce danseur si léger : à Serendib, ils ne furent condamnés qu'à augmenter le trésor public, car Nabussan était fort indulgent.

Il était aussi fort reconnaissant ; il donna à Zadig une somme d'argent plus considérable qu'aucun trésorier n'en avait jamais volé au roi son maître. Zadig s'en servit pour envoyer des exprès[3] à Babylone, qui devaient l'informer de la destinée d'Astarté. Sa voix trembla en donnant cet ordre, son sang reflua vers son cœur, ses yeux se couvrirent de ténèbres, son âme fut prête à l'abandonner. Le courrier partit, Zadig le vit embarquer ; il rentra chez le roi, ne voyant personne, croyant être dans sa chambre, et prononçant le nom d'amour. « Ah ! l'amour, dit le roi ; c'est précisément ce dont il s'agit ; vous avez deviné ce qui fait ma peine. Que vous êtes un grand homme ! J'espère que vous m'apprendrez à connaître une femme à toute épreuve, comme vous m'avez fait trouver un trésorier désintéressé. » Zadig, ayant repris ses sens, lui promit de le servir en amour comme en finance, quoique la chose parût plus difficile encore.

2. Tribunal d'exception chargé en France de traiter des malversations financières.
3. Messagers.

Les yeux bleus

« LE CORPS ET LE CŒUR », dit le roi à Zadig… À ces mots, le Babylonien ne put s'empêcher d'interrompre sa majesté. « Que je vous sais bon gré, dit-il, de n'avoir point dit *l'esprit et le cœur*[1] ! Car on n'entend que ces mots dans les conversations de Babylone ; on ne voit que des livres où il est question du cœur et de l'esprit, composés par des gens qui n'ont ni de l'un ni de l'autre ; mais, de grâce, Sire, poursuivez. » Nabussan continua ainsi : « Le corps et le cœur sont chez moi destinés à aimer ; la première de ces deux puissances a tout lieu d'être satisfaite. J'ai ici cent femmes à mon service, toutes belles, complaisantes, prévenantes, voluptueuses même, ou feignant de l'être avec moi. Mon cœur n'est pas à beaucoup près si heureux. Je n'ai que trop éprouvé qu'on caresse beaucoup le roi de Serendib, et qu'on se soucie fort peu de Nabussan. Ce n'est pas que je croie mes femmes infidèles ; mais je voudrais trouver une âme qui fût à moi ; je donnerais pour un pareil trésor les cent beautés dont je possède les charmes : voyez si, sur ces cent sultanes, vous pouvez m'en trouver une dont je sois sûr d'être aimé. »

Zadig lui répondit comme il avait fait sur l'article des financiers : « Sire, laissez-moi faire ; mais permettez d'abord que je dispose de ce que vous aviez étalé dans la galerie de la Tentation ; je vous en rendrai bon compte, et vous n'y perdrez rien. » Le roi le laissa le maître absolu. Il choisit dans Serendib trente-trois petits bossus des plus vilains qu'il put trouver, trente-trois pages des plus beaux, et trente-trois bonzes[2] des plus éloquents et des plus robustes. Il leur laissa à tous la liberté d'entrer dans les cellules des sultanes ;

1. Cliché littéraire dont Voltaire s'est beaucoup moqué.
2. Moines boudhistes.

chaque petit bossu eut quatre mille pièces d'or à donner ; et dès le premier jour tous les bossus furent heureux. Les pages, qui n'avaient rien à donner qu'eux-mêmes, ne triomphèrent qu'au bout de deux ou trois jours. Les bonzes eurent un peu plus de peine ; mais enfin trente-trois dévotes se rendirent à eux. Le roi, par des jalousies[3] qui avaient vue sur toutes les cellules, vit toutes ces épreuves, et fut émerveillé. De ses cent femmes, quatre-vingt-dix-neuf succombèrent à ses yeux.

Il en restait une toute jeune, toute neuve, de qui Sa Majesté n'avait jamais approché. On lui détacha un, deux, trois bossus, qui lui offrirent jusqu'à vingt mille pièces ; elle fut incorruptible, et ne put s'empêcher de rire de l'idée qu'avaient ces bossus de croire que de l'argent les rendrait mieux faits. On lui présenta les deux plus beaux pages ; elle dit qu'elle trouvait le roi encore plus beau. On lui lâcha le plus éloquent des bonzes, et ensuite le plus intrépide ; elle trouva le premier un bavard, et ne daigna pas même soupçonner le mérite du second. « Le cœur fait tout, disait-elle ; je ne céderai jamais ni à l'or d'un bossu, ni aux grâces d'un jeune homme, ni aux séductions d'un bonze ; j'aimerai uniquement Nabussan, fils de Nussanab, et j'attendrai qu'il daigne m'aimer. » Le roi fut transporté de joie, d'étonnement, et de tendresse. Il reprit tout l'argent qui avait fait réussir les bossus, et en fit présent à la belle Falide ; c'était le nom de cette jeune personne. Il lui donna son cœur : elle le méritait bien. Jamais la fleur de la jeunesse ne fut si brillante ; jamais les charmes de la beauté ne furent si enchanteurs. La vérité de l'histoire ne permet pas de taire qu'elle faisait mal la révérence, mais elle dansait comme les fées, chantait comme les sirènes, et parlait comme les Grâces : elle était pleine de talents et de vertus.

3. Fenêtres permettant de voir sans être vu.

Nabussan, aimé, l'adora : mais elle avait les yeux bleus[1], et ce fut la source des plus grands malheurs. Il y avait une ancienne loi qui défendait aux rois d'aimer une de ces femmes que les Grecs ont appelées depuis *boopies*[2]. Le chef des bonzes avait établi cette loi il y avait plus de cinq mille ans ; c'était pour s'approprier la maîtresse du premier roi de l'île de Serendib que ce premier bonze avait fait passer l'anathème[3] des yeux bleus en constitution fondamentale d'État. Tous les ordres de l'empire vinrent faire à Nabussan des remontrances[4]. On disait publiquement que les derniers jours du royaume étaient arrivés, que l'abomination était à son comble, que toute la nature était menacée d'un événement sinistre ; qu'en un mot Nabussan, fils de Nussanab, aimait deux grands yeux bleus. Les bossus, les financiers, les bonzes, et les brunes remplirent le royaume de leurs plaintes.

Les peuples sauvages qui habitent le nord de Serendib profitèrent de ce mécontentement général. Ils firent une irruption dans les états du bon Nabussan. Il demanda des subsides[5] à ses sujets ; les bonzes, qui possédaient la moitié des revenus de l'État, se contentèrent de lever les mains au ciel, et refusèrent de les mettre dans leurs coffres pour aider le roi. Ils firent de belles prières en musique, et laissèrent l'État en proie aux barbares.

« Ô mon cher Zadig, me tireras-tu encore de cet horrible embarras ? s'écria douloureusement Nabussan. – Très volontiers, répondit Zadig ; vous aurez de l'argent des bonzes tant que vous en voudrez. Laissez à l'abandon les terres où sont situés leurs châteaux, et défendez seulement les vôtres. » Nabussan n'y manqua pas : les bonzes vinrent se jeter aux pieds du roi, et implorer son assistance. Le roi leur répondit par une belle musique dont les paroles étaient des prières au

1. Les commentateurs y voient une allusion claire à Madame de Pompadour.
2. Terme emprunté à Homère.
3. Malédiction.
4. En France, observations critiques adressées au roi par le Parlement sur sa conduite des affaires.
5. Soutien financier occasionnel.

ciel pour la conservation de leurs terres. Les bonzes enfin donnèrent de l'argent, et le roi finit heureusement la guerre. Ainsi Zadig, par ses conseils sages et heureux, et par les plus grands services, s'était attiré l'irréconciliable inimitié des hommes les plus puissants de l'État : les bonzes et les brunes jurèrent sa perte ; les financiers et les bossus ne l'épargnèrent pas ; on le rendit suspect au bon Nabussan. Les services rendus restent souvent dans l'antichambre, et les soupçons entrent dans le cabinet, selon la sentence de Zoroastre : c'était tous les jours de nouvelles accusations ; la première est repoussée, la seconde effleure, la troisième blesse, la quatrième tue.

Zadig intimidé[6], qui avait bien fait les affaires de son ami Sétoc, et qui lui avait fait tenir[7] son argent, ne songea plus qu'à partir de l'île, et résolut d'aller lui-même chercher des nouvelles d'Astarté. « Car, disait-il, si je reste dans Serendib, les bonzes me feront empaler ; mais où aller ? Je serai esclave en Égypte, brûlé, selon toutes les apparences, en Arabie, étranglé à Babylone. Cependant il faut savoir ce qu'Astarté est devenue : partons, et voyons à quoi me réserve ma triste destinée. »

C'est ici que finit le manuscrit qu'on a retrouvé de l'histoire de Zadig. Ces deux chapitres doivent être certainement placés après le douzième, et avant l'arrivée de Zadig en Syrie. On sait qu'il a essuyé bien d'autres aventures qui ont été fidèlement écrites. On prie messieurs les interprètes des langues orientales de les communiquer, si elles parviennent jusqu'à eux.

6. Effrayé.
7. Parvenir.

« Je voudrais surtout que,
sous le voile de la fable, le conte laissât entrevoir
aux yeux exercés quelque vérité fine… »

Voltaire

Relire…

Zadig
ou la Destinée

1748

Voltaire

Texte intégral

Testez votre lecture

L'encadrement du récit

1 Quelles indications de lecture fournissent le titre et le sous-titre ?

2 Quels rôles joue l'épître dédicatoire ?

3 Comment sont intitulés les différents chapitres ? Quel est l'effet produit quand on lit la table des matières ?

Le cadre spatio-temporel

4 Où et quand est censée se dérouler l'action ? Comment Voltaire reconstitue-t-il ce cadre ?

5 On a dit que *Zadig* est « un voyage ». En prenant ce mot dans son sens premier, reconstituez ses principales étapes sur une carte géographique.

Les personnages

6 Comment Zadig nous est-il présenté au début du récit ? Quelles sont ses principales caractéristiques ?

7 On a dit que Zadig était naïf. Pensez-vous que ce qualificatif soit exact ?

8 Quels sont les autres protagonistes principaux ? Comment sont-ils répartis en termes de rôles dans le récit ? Vous pouvez présenter votre réponse sous la forme d'un tableau dont vous choisirez les entrées et que vous commenterez.

L'écriture du récit

9 Selon quelle logique s'enchaînent les aventures de Zadig ?

10 Comment se fait le lien entre les différents chapitres ? Examinez plus précisément les fins de ceux-ci.

11 Identifiez quelques indices de la présence du narrateur. Dans ce cadre, repérez et commentez les anticipations du récit.

12 Repérez et commentez les différentes récapitulations que fait Zadig de ses aventures au fil du récit.

La construction du récit et sa portée

13 On a suggéré que les aventures de Zadig se présentaient comme une suite répétitive de cycles similaires. Vérifiez ou infirmez la justesse de cette proposition en identifiant les grandes phases du conte.

14 Les expériences de Zadig lui apprennent-elles quelque chose ? Si oui, quelles leçons en tire-t-il ?

Structure de l'œuvre

Babylone : le bonheur suspendu (chapitres 1 à 8)

- Zadig, jeune homme doté de toutes les qualités physiques, intellectuelles et morales, possesseur de grandes richesses, semble avoir tout ce qui est nécessaire pour être heureux. Mais il déchante rapidement, éprouvant tout d'abord à deux reprises l'inconstance des femmes en amour (chapitres 1 et 2).
- Déçu, Zadig se tourne vers l'étude des sciences, mais là encore, sa trop grande subtilité lui cause de multiples déboires qui le conduisent à subir l'arbitraire de la justice (chapitre 3).
- Il décide alors de cultiver la philosophie et l'amitié dans sa belle demeure où il reçoit une société choisie. Mais sa renommée suscite la haine d'envieux, qui cherchent à le perdre aux yeux du roi Moabdar. Zadig échappe miraculeusement au piège, restaure son honneur et devient un conseiller du souverain qui récompense sa générosité (chapitres 4 et 5).
- Moabdar fait de Zadig son Premier ministre, lui donnant ainsi l'occasion de faire étalage de sa sagesse et de sa modération dans la conduite des affaires de l'État. Zadig croit toucher au bonheur auquel il aspire (chapitres 6 et 7).
- Il est tombé amoureux de la reine Astarté qui, elle-même, ressent inconsciemment une inclination pour lui. Il résiste cependant à sa passion par fidélité au roi. Ce dernier, encouragé par les manœuvres des envieux, s'aperçoit de cet attrait mutuel et, fou de jalousie, décide de faire tuer la reine et Zadig. Prévenu à temps, ce dernier échappe à l'assassinat, mais doit quitter Babylone (chapitre 8).

La fuite en Égypte : la sagesse à l'épreuve (chapitres 9 à 15)

- Fuyant vers l'Égypte, Zadig porte assistance à une femme battue par son amant, qu'il tue au cours de l'incident. Loin de lui en être reconnaissante, la victime l'accable de reproches (chapitre 9).
- Reconnu coupable de meurtre, Zadig est condamné à l'esclavage et vendu à Sétoc, un riche marchand qui ne tarde pas à remarquer ses qualités et à en faire son conseiller (chapitre 10).
- Zadig convainc Sétoc d'abandonner ses croyances superstitieuses et sauve Almona, une jeune veuve qu'un rite cruel oblige à se sacrifier sur un bûcher à la mort de son mari. Il la persuade de rester en vie et réussit à faire abolir cette coutume (chapitre 11).

- Zadig suit Sétoc dans ses voyages. Au cours d'un souper, il réconcilie tous les convives qui se disputent au sujet de leurs dieux respectifs, en leur démontrant qu'ils adorent tous le même (chapitre 12).
- Les prêtres furieux de l'abolition du rite du bûcher obtiennent la mise à mort de Zadig. Il est sauvé par une ruse d'Almona, qui lui témoigne ainsi sa reconnaissance. Sétoc décide alors de le libérer (chapitre 13).
- En route vers Babylone, Zadig est capturé par le brigand Argobad, qui lui donne des informations sur les événements survenus après son départ. Le roi, devenu fou, est mort, Astarté a disparu, sans doute enlevée comme concubine. Zadig réussit à fausser compagnie au brigand et repart (chapitre 14).
- Il fait la rencontre d'un pêcheur désespéré, originaire de Babylone, dont le sort s'apparente au sien, qui confirme et complète les nouvelles. Zadig le réconforte et le sauve du suicide (chapitre 15).

Le retour de Zadig : le bonheur retrouvé (chapitres 16 à 19)

- Poursuivant sa route, Zadig rencontre une femme qui écrit son nom sur le sable. C'est Astarté ! Ils se déclarent leur amour. Elle est détenue par un maître malade, que Zadig promet de guérir en échange de sa libération. Ils se donnent rendez-vous à Babylone (chapitre 16).
- Astarté est reconnue reine à son retour. Elle doit épouser celui des prétendants qui triomphera dans les épreuves du tournoi et des énigmes. Zadig, revenu lui aussi, remporte le tournoi, mais se fait voler sa victoire par un imposteur (chapitre 17).
- Désespéré, il erre et fait la rencontre d'un ermite qu'il accompagne dans ses pérégrinations. Subjugué par sa personnalité, il le suit malgré son étrange comportement qui finit par susciter sa révolte. L'ermite révèle alors sa véritable identité : c'est l'ange Jesrad, qui lui dévoile en partie le sens de la vie avant de s'envoler (chapitre 18).
- Revenu à Babylone, il démasque l'imposteur, triomphe de l'épreuve des énigmes, épouse Astarté et monte sur le trône. Après avoir récompensé tous ceux qui l'ont aidé et pardonné aux autres, il fait partager son bonheur retrouvé à tout son royaume (chapitre 19).

Pause lecture 1

Comment décrire précisément ce qu'on n'a jamais vu ?

Chapitre 3, p. 22-25

Retour au texte

1 • Quel choix de vie Zadig a-t-il fait à ce moment du conte ?

Interprétations

Les mystères de Babylone

2 • Quelles sont les données initiales dans les deux épisodes racontés ici ? En quoi constituent-elles une même énigme ?

3 • Par quels procédés Voltaire maintient-il le suspense autour du rôle de Zadig dans ce qui s'est produit ? Étudiez notamment l'ordre suivi dans la narration.

Zadig mène l'enquête

4 • De quelle nature sont les indices dont se sert Zadig dans ses démonstrations ?

5 • Reconstituez les différentes étapes de son raisonnement, en mettant en évidence la particularité de sa méthode.

6 • Étudiez la manière dont Umberto Eco (texte ci-contre) réécrit le texte de Voltaire, en notant les modifications qu'il apporte.

Une sagacité qui agace !

7 • Zadig parvient-il à faire reconnaître la justesse de son raisonnement ? En est-il récompensé ?

8 • Quel rebondissement intervient au dénouement du chapitre et quelle leçon le lecteur est-il invité à en tirer ?

Et vous ?

Écriture personnelle

Vous discuterez cette remarque de Voltaire : « Zadig vit combien il était dangereux quelquefois d'être trop savant... ».

Vers l'oral du bac

1 **Question sur l'extrait étudié** – Comment ce chapitre, dans son déroulement, annonce-t-il la « destinée » de Zadig ?

2 **Question sur un autre extrait** – Étudiez dans le chapitre 19 la manière dont Zadig répond aux énigmes qui lui sont soumises et comparez son raisonnement avec celui du présent extrait.

Texte • Umberto Eco, *Le Nom de la rose*, 1980

L'écrivain italien Umberto Eco imagine, dans Le Nom de la rose, *une intrigue policière médiévale dans une abbaye où se sont produits des meurtres mystérieux. Un moine enquêteur, Guillaume de Baskerville (allusion à un personnage de Conan Doyle), est chargé de l'enquête. Sur le point d'arriver à l'abbaye, en compagnie d'Adso de Melk, son jeune assistant qui est aussi le narrateur, il donne un aperçu de ses capacités.*

« Je vous remercie, seigneur cellérier[1], répondit cordialement mon maître, et j'apprécie d'autant plus votre courtoisie pour me saluer que vous avez interrompu votre poursuite. Mais n'ayez crainte, le cheval est passé par ici et a pris le sentier de droite. Il ne pourra pas aller bien loin car, arrivé au dépôt des litières, il devra s'arrêter. Il est trop intelligent pour se précipiter le long du terrain abrupt…

– Quand l'avez-vous vu ? demanda le cellérier.

– Nous ne l'avons pas vu du tout, n'est-ce pas, Adso ? dit Guillaume en se tournant vers moi d'un air amusé. Mais si vous cherchez Brunel, l'animal ne peut être que là où j'ai dit. »

Le cellérier hésita. Il regarda Guillaume, puis le sentier, et enfin demanda : « Brunel ? Comment savez-vous ?

– Allons, allons, dit Guillaume, il est évident que vous êtes en train de chercher Brunel, le cheval préféré de l'Abbé, le meilleur galopeur de votre écurie, avec sa robe noire, ses cinq pieds de haut, sa queue somptueuse, son sabot petit et rond mais au galop très régulier ; tête menue, oreilles étroites mais grands yeux. Il a pris à droite, je vous dis, et dépêchez-vous, en tout cas. […]

– Et maintenant, dites-moi (à la fin je ne sus me retenir), comment avez-vous fait pour savoir ?

– Mon bon Adso, dit le maître. J'ai passé tout notre voyage à t'apprendre comment reconnaître les traces par lesquelles le monde nous parle comme un grand livre. Alain de Lille[2] disait que :

Pause lecture 1

omnis mundi creatura
quasi liber et pictura
nobis est in speculum[3]

et il pensait à l'inépuisable réserve de symboles avec quoi Dieu, à travers ses créatures, nous parle de la vie éternelle. Mais l'univers est encore plus loquace que ne le pensait Alain, et non seulement il parle des choses dernières (en ce cas-là, il le fait d'une manière obscure) mais aussi des choses proches, et alors là d'une façon lumineuse. J'ai presque honte de te répéter ce que tu devrais savoir. Au croisement, sur la neige encore fraîche, se dessinaient avec grande clarté les empreintes des sabots d'un cheval, qui pointaient vers le sentier à main gauche. À belle et égale distance l'un de l'autre, ces signes disaient que le sabot était petit et rond, et le galop d'une grande régularité – j'en déduisis ainsi la nature du cheval et le fait qu'il ne courait pas désordonnément comme fait un cheval emballé. Là où les pins formaient comme un appentis naturel, des branches avaient été fraîchement cassées juste à la hauteur de cinq pieds. Un des buissons de mûres, là où l'animal doit avoir tourné pour enfiler le sentier à sa droite, alors qu'il secouait fièrement sa belle queue, retenait encore dans ses épines de longs crins de jais… Enfin tu ne me diras pas que tu ne sais pas que ce sentier mène au dépôt des litières, car en grimpant par le tournant inférieur, nous avons vu la bave des détritus descendre à pic au pied de la tour orientale, laissant des salissures sur la neige ; et d'après la situation du carrefour, le sentier ne pouvait que mener dans cette direction. »

1. Moine chargé du cellier, de l'approvisionnement de l'abbaye.
2. Théologien et poète du XIIe siècle, connu pour l'étendue de son savoir.
3. Début d'un hymne attribué à Alain de Lille, que l'on peut traduire ainsi :
Toute créature du monde
Est pour nous comme un livre
Une peinture dans un miroir.

Pause lecture 2

Qu'est-ce qu'un bon Premier ministre ?

Chapitre 6, p. 33-35

Retour au texte

1 • Relisez les dernières lignes du chapitre 5 et situez la position de Zadig à ce moment du récit.

2 • Quelles sont les réactions à la nomination de Zadig au poste de Premier ministre ?

Interprétations

Le bon gouvernement

3 • Quels sont les principes généraux qui guident Zadig devenu ministre (l. 24-29) ?

4 • À quel type de situations concrètes Zadig est-il confronté dans la suite de l'extrait (l. 30-66) ? Vous semblent-elles relever de l'action d'un Premier ministre ?

Le bon jugement

5 • Quels points communs présentent les deux cas soumis à l'appréciation de Zadig ?

6 • Quels sont, selon vous, les critères qui déterminent ses sentences ?

7 • Comparez l'attitude de Zadig dans la seconde affaire et celle du roi Salomon dans le texte p. 118.

Le bon discernement ?

8 • Analysez l'échange entre le perroquet et Zadig (l. 6-16).

9 • Quelle attitude Voltaire narrateur adopte-t-il à l'égard de son personnage et quel effet en tire-t-il vis à vis du lecteur ?

Et vous ?

Recherche

Qu'appelle-t-on au XVIIIe siècle le « despostisme éclairé » ? Quelle est l'histoire de cette notion ?

Vers l'oral du bac

1 **Question sur l'extrait étudié** – Quelles sont les conditions nécessaires pour bien gouverner ?

2 **Question sur un autre extrait** – Étudiez dans le chapitre 7 la manière dont Voltaire prolonge et infléchit la situation de Zadig à la tête de l'État.

Texte • La Bible

Un épisode célèbre de la Bible présente le roi Salomon (env. 970-933 av. J.-C.) confronté à une situation où il doit décider à qui appartient légitimement un enfant dont deux femmes se disputent la maternité.

Les deux prostituées au jugement de Salomon

Alors deux prostituées vinrent se présenter devant le roi [Salomon]. L'une dit : « Je t'en supplie, mon seigneur; moi et cette femme, nous habitons la même maison et j'ai accouché alors qu'elle s'y trouvait. Or, trois jours après mon accouchement, cette femme accoucha à son tour. Nous étions ensemble, sans personne d'autre dans la maison; il n'y avait que nous deux. Le fils de cette femme mourut une nuit parce qu'elle s'était couchée sur lui. Elle se leva au milieu de la nuit, prit mon fils qui était à côté de moi – ta servante dormait – et le coucha contre elle; et son fils, le mort, elle le coucha contre moi. Je me levai le matin pour allaiter mon fils, mais il était mort. Le jour venu, je le regardai attentivement, mais ce n'était pas mon fils, celui dont j'avais accouché ». L'autre femme dit : « Non! mon fils, c'est le vivant, et ton fils, c'est le mort »; mais la première continuait à dire : « Non! ton fils, c'est le mort et mon fils, c'est le vivant ». Ainsi parlaient-elles devant le roi. Le roi dit : « Celle-ci dit : "Mon fils, c'est le vivant, et ton fils, c'est le mort"; et celle-là dit : "Non! ton fils, c'est le mort, et mon fils, c'est le vivant" ». Le roi dit : « Apportez-moi une épée! » Et l'on apporta une épée devant le roi. Et le roi dit : « Coupez en deux l'enfant vivant et donnez-en une moitié à l'une et une moitié à l'autre ». La femme dont le fils était le vivant dit au roi, car ses entrailles étaient émues au sujet de son fils : « Pardon, mon seigneur! Donnez-lui le bébé vivant, mais ne le tuez pas! » Tandis que l'autre disait : « Il ne sera ni à moi, ni à toi! Coupez! » Alors le roi prit la parole et dit : « Donnez à la première le bébé vivant, ne le tuez pas; c'est elle qui est la mère ».

Tout Israël entendit parler du jugement qu'avait rendu le roi et l'on craignit le roi, car on avait vu qu'il y avait en lui une sagesse divine pour rendre justice.

La Bible, 1 Rois 3, 16-28, texte de la TOB, © Société biblique française – Bibli'O et Éd. du Cerf, 2010.

Nicolas Poussin (1594-1665), *Le Jugement de Salomon* (1738), huile sur toile (69 x 89 cm), musée du Louvre, Paris.

Pause lecture 3 De quoi parle-t-on dans un souper international ?

Chapitre 12, p.57-60

Retour au texte

1 • Identifiez précisément le lieu et les circonstances de cet épisode.

2 • Relevez l'identité des différents protagonistes du souper.

Interprétations

Un souper sous pression

3 • Comment Voltaire particularise-t-il les différents convives dans leurs propos et leurs comportements ? À quelle(s) fin(s), selon vous ?

4 • Quels sont les enjeux de la conversation ? Sur quoi et pourquoi les interlocuteurs ne sont-ils pas d'accord ?

5 • Analysez la progression du débat jusqu'à l'intervention de Zadig. Quelles sont les attitudes des interlocuteurs ?

Zadig ou la sagesse tranquille

6 • Étudiez et commentez le comportement de Zadig au cours de ce débat. À quoi aboutit son action ?

7 • Analysez l'argumentation de Zadig en indiquant ses objectifs et ses méthodes (l. 93-109). À quelles conclusions parvient-elle ?

8 • Quels éléments retrouve-t-on dans le texte page ci-contre ? Quelle forme prennent-ils et qu'ajoute ce texte à la pensée de Voltaire ?

Et vous ?

Exposé oral

Vous participez au souper et vous n'êtes pas convaincu(e) par le raisonnement de Zadig. Adressez-lui un argumentaire pour lui faire part de votre point de vue.

Vers l'oral du bac

1 **Question sur l'extrait étudié** – Sur quelle idée de Dieu Zadig parvient-il à mettre d'accord les différents convives ?

2 **Question sur un autre extrait** – Comparez l'attitude de Zadig dans cet extrait et dans « La danse » (p. 100-103), en dégageant les constantes de son comportement.

Texte • Voltaire, *Traité de la tolérance*, 1763

Le Traité sur la tolérance *a été écrit à la suite de l'affaire Calas dans laquelle Voltaire a obtenu la réhabilitation d'un protestant injustement condamné et exécuté, entre autres raisons, pour des considérations religieuses. Voltaire s'adresse ici directement à Dieu pour le supplier d'encourager les hommes à respecter leurs croyances respectives.*

Ce n'est donc plus aux hommes que je m'adresse ; c'est à toi, Dieu de tous les êtres, de tous les mondes et de tous les temps : s'il est permis à de faibles créatures perdues dans l'immensité, et imperceptibles au reste de l'univers, d'oser te demander quelque chose, à toi qui as tout donné, à toi dont les décrets sont immuables comme éternels. Daigne regarder en pitié les erreurs attachées à notre nature ; que ces erreurs ne fassent point nos calamités ! Tu ne nous as point donné un cœur pour nous haïr, et des mains pour nous égorger ; fais que nous nous aidions mutuellement à supporter le fardeau d'une vie pénible et passagère ; que les petites différences entre les vêtements qui couvrent nos débiles[1] corps, entre tous nos langages insuffisants, entre tous nos usages ridicules, entre toutes nos lois imparfaites, entre toutes nos opinions insensées, entre toutes nos conditions si disproportionnées à nos yeux, et si égales devant toi ; que toutes ces petites nuances qui distinguent les atomes appelés *hommes* ne soient pas des signaux de haine et de persécution ; que ceux qui allument des cierges en plein midi pour te célébrer supportent ceux qui se contentent de la lumière de ton soleil ! Que ceux qui couvrent leur robe d'une toile blanche pour dire qu'il faut t'aimer ne détestent pas ceux qui disent la même chose sous un manteau de laine noire ; qu'il soit égal de t'adorer dans un jargon formé d'une ancienne langue, ou dans un jargon plus nouveau ; que ceux dont l'habit est teint en rouge ou en violet, qui dominent sur une petite parcelle d'un petit tas de la boue de ce monde, et qui possèdent quelques fragments arrondis d'un certain métal, jouissent sans orgueil de ce qu'ils appellent *grandeur* et *richesse*, et que les autres les voient sans envie : car tu sais qu'il n'y a dans ces vanités ni de quoi envier, ni de quoi s'enorgueillir.

Pause lecture 3

Puissent tous les hommes se souvenir qu'ils sont frères! Qu'ils aient en horreur la tyrannie exercée sur les âmes, comme ils ont en exécration le brigandage qui ravit par la force le fruit du travail et de l'industrie paisible! Si les fléaux de la guerre sont inévitables, ne nous haïssons pas, ne nous déchirons pas les uns les autres dans le sein de la paix, et employons l'instant de notre existence à bénir également en mille langages divers, depuis Siam jusqu'à la Californie, ta bonté qui nous a donné cet instant!

Chapitre XXIII, « Prière à Dieu ».

1. Faibles.

Ci-contre :
Voltaire promettant son appui à la famille Calas,
lithographie d'après Bergeret, XIXe siècle,
BnF, Paris.

Pause lecture 4

Comment reconnaître le plus malheureux des hommes ?

Chapitre 15, p. 69-72

Retour au texte

1 • Relevez et commentez dans le texte les occurrences du mot *malheureux*, les comparatifs et superlatifs qui lui sont attachés, ainsi que leur répartition dans les propos des deux personnages.

Interprétations

Le jeu du malheur et du hasard

2 • Quelle est la relation des deux personnages dans cet extrait ? Pourquoi, selon vous, Zadig ne révèle-t-il pas sa véritable identité ?

3 • Observez les dialogues et caractérisez leur tonalité. À quel genre littéraire, pratiqué par ailleurs par Voltaire, fait penser cette scène ?

Les aléas de la destinée

4 • Quelle trajectoire emprunte la vie du pêcheur ? Indiquez et commentez les points de départ et d'arrivée. Ce qui est arrivé au pêcheur était-il prévisible ?

5 • « Vous êtes un ange sauveur », dit le pêcheur (l. 95). Quel rôle joue Zadig dans ce passage et quelle autre scène se trouve ici anticipée ?

À quelque chose malheur est-il bon ?

6 • Comment Voltaire procède-t-il pour comparer le sort de Zadig et celui du pêcheur ? Quelles conclusions en tire-t-il ?

7 • Quels sont les motifs qui poussent Zadig à secourir le pêcheur ? Que traduisent-ils de la pensée de Voltaire ? Appuyez-vous sur le texte de R. Mauzi (ci-contre) pour en dégager la signification.

Et vous ?

Écriture personnelle

Lequel des deux personnages vous semble « le plus malheureux » ?

Vers l'oral du bac

1 **Question sur l'extrait étudié** – En quoi cet épisode peut-il être considéré comme un écho de la vie de Zadig à ce moment du conte ?

2 **Question sur un autre extrait** – À partir de l'extrait et en élargissant l'étude à l'ensemble du conte, analysez la place des personnages féminins dans *Zadig*.

Texte • Robert Mauzi, *L'Idée du bonheur dans la littérature et la pensée françaises au XVIIIe siècle*, 1994

Robert Mauzi a mené une analyse approfondie de la manière dont le XVIIIe siècle a conçu la question du bonheur. Dans les pages qu'il consacre à Zadig, *il étudie en quelques lignes la signification de l'épisode du pêcheur.*

L'homme a ses chances de succès dans la chasse au bonheur. Mais elles sont réparties le plus absurdement du monde. Tantôt ses qualités le servent, tantôt elles l'écrasent. Tantôt un événement fortuit le favorise, tantôt il le perd. La vertu n'est récompensée que de temps à autre, lorsque la folie des hommes et l'aveuglement du hasard le permettent. La science du bonheur est donc impossible, car on ne peut convertir en objet de connaissance une chose aussi irrationnelle. Cependant, ne pas croire au bonheur serait une faute, car il peut arriver qu'on le rencontre, même si ce doit être sans lendemain.

Zadig, déjà fort étonné par l'absurdité du monde, n'est pas loin de la révolte, lorsqu'en déplaçant son regard, ce n'est plus seulement l'absurde qu'il découvre, mais le scandale de l'iniquité. Un jour, il rencontre un pêcheur au bord d'une rivière, et il s'aperçoit qu'il n'est pas, comme il le pensait, le « modèle du malheur », mais qu'il existe encore plus malheureux que lui. Pour la première fois, il a l'idée d'une communauté des êtres dans la souffrance, et c'est ce jour-là, celui où il pense le moins à lui-même, qu'il est le plus près du désespoir.

Pause lecture 5 Les voies de la Providence sont-elles accessibles aux hommes ?

Chapitre 18, p. 87-94

Retour au texte

1 • Recherchez précisément le sens du terme *Providence*. Dans quel chapitre apparaît-il pour la première fois ?

2 • À l'aide de dictionnaires, précisez les différences de sens entre *Destinée* et *Providence*.

Interprétations

Un étrange comportement

3 • Étudiez l'effet de surprise causé par le comportement de l'ermite à l'égard de ses deux hôtes successifs au début de l'extrait.

4 • Quelles sont les réactions de Zadig et que traduisent-elles ? Indiquez leur progression.

Un coup de théâtre

5 • À quel instant précis se produit la métamorphose de l'ermite en ange ? Pourquoi a-t-il attendu ce moment pour se dévoiler ?

6 • Comment Voltaire théâtralise-t-il la scène ?

Un dialogue inachevé ?

7 • Quelle est l'attitude de Zadig devant cet événement ? En quoi est-elle conforme à son personnage ?

8 • Quelle est la leçon de l'ange, notamment sur la question du hasard ? Comparez-la avec l'argumentation du texte de Voltaire (ci-contre), en indiquant les convergences et les différences.

9 • Sur quel mot se termine l'échange ? Donnez votre interprétation de cette conclusion. Est-elle la leçon du conte, selon vous ?

Et vous ?

Expression personnelle

Analysez la relation entre cet épisode et celui du pêcheur, en montrant les similitudes et les différences. Vous vous interrogerez notamment sur la place occupée par Zadig dans les deux scènes.

Vers l'oral du bac

1 **Question sur l'extrait étudié –** À quelles interrogations de Zadig cet épisode semble-t-il mettre un point final, et de quelle manière ?

2 **Question sur un autre extrait –** Quelles relations peut-on établir entre ce chapitre et le dénouement du récit ?

Texte • Voltaire, *Lettres philosophiques*, 1734

Dans ce texte, antérieur à Zadig, *Voltaire définissait sa conception de l'ordre du monde en confrontant son point de vue aux* Pensées *de Pascal, philosophe du* XVII*e siècle.*

« Sur les pensées de M. Pascal »

[…] Je reçois une lettre d'un de mes amis, qui demeure dans un pays fort éloigné. Voici ses paroles :

« Je suis ici comme vous m'y avez laissé, ni plus gai, ni plus triste, ni plus riche, ni plus pauvre, jouissant d'une santé parfaite, ayant tout ce qui rend la vie agréable, sans amour, sans avarice, sans ambition et sans envie ; et tant que tout cela durera, je m'appellerai hardiment un homme très heureux. »

Il y a beaucoup d'hommes aussi heureux que lui. Il en est des hommes comme des animaux ; tel chien couche et mange avec la maîtresse ; tel autre tourne la broche et est tout aussi content ; tel autre devient enragé, et on le tue. Pour moi, quand je regarde Paris ou Londres, je ne vois aucune raison pour entrer dans ce désespoir dont parle M. Pascal ; je vois une ville qui ne ressemble en rien à une île déserte, mais peuplée, opulente, policée[1], et où les hommes sont heureux autant que la nature humaine le comporte. Quel est l'homme sage qui sera prêt à se pendre parce qu'il ne sait pas comme on voit Dieu face à face, et que sa raison ne peut débrouiller le mystère de la Trinité ? Il faudrait autant se désespérer de n'avoir pas quatre pieds et deux ailes.

Pourquoi nous faire horreur de notre être ? Notre existence n'est point si malheureuse qu'on veut nous le faire accroire. Regarder l'univers comme un cachot, et tous les hommes comme des criminels qu'on va exécuter, est l'idée d'un fanatique. Croire que le monde est un lieu de délices où l'on ne doit avoir que du plaisir, c'est la rêverie d'un sybarite. Penser que la terre, les hommes et les animaux sont ce qu'ils doivent être dans l'ordre de la Providence, est, je crois, d'un homme sage.

1. Civilisée.

L'Orient

• Voltaire est fasciné par l'Orient qu'il aborde également dans d'autres contes, dans son théâtre et dans ses ouvrages historiques. C'est sous la forme du conte oriental qu'il traite ce thème dans *Zadig*. Il en connaît toutes les conventions, qu'il utilise aussi bien au premier degré que de manière parodique; il joue avec ses éléments romanesques (rebondissements en cascades) comme avec sa rhétorique (hyperboles et métaphores). La fin du conte, en particulier, montre combien Voltaire se complaît dans la narration de ces aventures orientales qu'il associe à d'autres sources comme les romans de chevalerie, tout aussi extravagants.

• Mais l'Orient de Voltaire est également celui de Zoroastre, figure du sage, dont Zadig est le disciple, si proche de l'homme éclairé cher à l'auteur. L'Orient est donc présenté aussi comme un lieu où s'épanouit la raison, à côté de la folie des hommes symbolisée par celle du roi Moabdar.

Le vice et la vertu

• *Zadig* est un conte moral. Divers personnages incarnent l'envie (dont Voltaire fait un ressort de l'action), la jalousie, la cupidité, la vanité, l'ignorance... On notera aussi la dénonciation des comportements en matière religieuse : les croyances et coutumes absurdes et criminelles, la superstition, l'intolérance. Face à eux, cependant, l'altruisme, l'amitié, le désintéressement contribuent à atténuer l'image d'une humanité dépourvue de tout sentiment. Les êtres vertueux existent mais ne sont pas forcément reconnus. Dans un monde opaque, vices et vertus prospèrent sans garantie apparente de punition et de récompense.

La politique et la justice

• Parmi les thèmes importants de l'œuvre figure la question du bon gouvernement. Appelé par le roi au poste de Premier ministre, Zadig fait régner une autorité à la fois ferme et bienveillante, commandée par le bon sens, la raison et la modération. On imagine que c'est le même programme qu'il mettra en œuvre une fois devenu roi. C'est l'idéal d'un bon gouvernement qui suppose un souverain agissant dans l'intérêt de ses sujets et non selon les siens propres. Par contraste, le dérèglement du roi Moabdar fait apparaître les conséquences désastreuses du mauvais gouvernement, marqué par la suprématie des passions individuelles. En filigrane se perçoit également la tentation voltairienne du philosophe-conseiller du Prince, devenu éclairé.

• Indissociable de l'exercice du pouvoir, la question de la justice occupe une place importante dans *Zadig*. Centrale dans la pensée de Voltaire, elle fera plus tard de lui l'homme des « affaires » : Calas, le chevalier de la Barre, etc. dans lesquelles il mettra très concrètement en application ses convictions.

Le bonheur

• Dès le début du conte, le bonheur apparaît comme un enjeu majeur. Ce thème récurrent dans l'œuvre de Voltaire connaît ici une évolution décisive. Gagné par un pessimisme croissant, l'auteur commence à douter sérieusement du bien fondé de ses convictions antérieures qui pensaient le bonheur, sinon aisé, du moins possible à atteindre. Avec tous ses atouts, Zadig pense qu'il pourra être heureux, mais il fait l'expérience de la difficulté à le devenir.

• Le thème du bonheur humain est inséparable de la question plus vaste de la place de l'homme dans le monde, et par conséquent de l'ordre (ou du désordre) qui y règne. Malgré son scepticisme à l'égard des réponses que l'on peut apporter à ce type de questions, Voltaire ne cesse de les poser.

Le Bien, le Mal et la Providence

• Un autre thème, lié au précédent, est celui de l'existence du Mal. Confronté au scandale qu'il représente pour la raison humaine, Voltaire s'interroge sur sa raison d'être, et doute de plus en plus des justifications que donnent certaines philosophies comme celle de Leibniz. L'épisode de l'apparition de l'ange (chapitre 18) traduit l'hésitation de Voltaire, qui s'accentuera jusqu'au rejet qu'il formulera quelques années plus tard dans *Candide*.

• Justice, bonheur et mal soulèvent les problèmes plus généraux du sens de l'existence humaine et de sa place dans l'univers. Au début du chapitre 9, lorsqu'il fuit de nuit vers l'Égypte, Zadig est saisi par la disproportion entre l'immensité splendide de l'univers et la petitesse misérable des destinées humaines. Ce bref moment de méditation, vite arrêté par les questions pratiques qui l'occupent, est pourtant une prise de conscience. Le thème qui englobe tous les autres est alors celui de l'ordre qui préside au monde que nous habitons.

Retour au texte

1 • Relisez l'épître dédicatoire (p. 13-14) et indiquez brièvement son rôle dans l'ancrage du récit.

Interprétations

La tradition du conte

2 • En vous aidant des différents éléments en votre possession, montrez comment Voltaire obéit à la tradition du conte oriental telle qu'elle existait à son époque ainsi qu'à d'autres sources romanesques.

3 • Quelle place Voltaire accorde-t-il au merveilleux dans *Zadig* ? Vous pourrez vous inspirer, par exemple, des chapitres 16 (p. 73-81) et 18 (p. 87-94).

À la recherche d'une autre recette

4 • En vous appuyant sur l'épître dédicatoire (p. 13-14) et sur le texte 3 (p. 133), analysez pourquoi Voltaire entend se différencier du conte oriental traditionnel et, plus généralement, des formes de la narration de son temps.

5 • Quels autres ingrédients souhaite-t-il adjoindre à ses récits ? Appuyez-vous sur l'explication de Frédéric Lenormand (texte 1, p. 131) pour préciser sa démarche.

Séduire et instruire

6 • Comment Voltaire utilise-t-il la figure semi-légendaire de Zoroastre dans *Zadig* et à quelles fins ?

7 • En vous référant, notamment, au texte 3 (p. 133), indiquez les buts que Voltaire assigne au conte. Pensez-vous que *Zadig* réponde à cet objectif ?

8 • Le terme *conte philosophique* vous semble-t-il adéquat pour qualifier *Zadig* ? Appuyez-vous sur le texte 2, p. 132.

Texte 1 • Frédéric Lenormand, *Meurtre dans le boudoir*, 2012

Frédéric Lenormand (voir « Rencontre avec... », p. 160-163) donne une version imaginaire de l'origine de Zadig *en conclusion de* Meurtre dans le boudoir, *second roman de sa série* Voltaire mène l'enquête.
Après avoir prouvé que son grand rival, Crébillon, est bien l'auteur d'un récit licencieux qui a pour cadre l'Orient, Le Tabouret de Bassora *dans lequel apparaît un penseur nommé Gadiz, Voltaire a soudain une idée !*

« J'ai occupé ma jeunesse à devenir riche, ma maturité à devenir célèbre ; je pense que j'occuperais ma vieillesse à défendre de grandes causes, quand j'en aurai trouvé. » [...]
En attendant, ces contes du *Tabouret* avaient donné à l'écrivain l'idée d'en composer un, lui aussi, mais qui ne fut pas licencieux. L'un des personnages imaginaires de Crébillon, ce penseur nommé Gadiz, était une trouvaille. Il y avait là un moyen de faire passer la philosophie dans un éclat de rire, par le biais de petites pérégrinations émaillées de petites énigmes dont le sens caché serait plus profond qu'il n'y semblerait.
Voltaire rit de sa propre ingéniosité. « Mais où vais-je chercher tout ça ? »

Texte 2 • Jean Goldzink, *Histoire de la littérature française*, 1988

S'écartant des idées reçues traditionnelles sur le conte voltairien, Jean Goldzink en dégage l'originalité : sa puissance polémique.

Comment se fait-il que toute description, fût-elle la plus soigneuse de l'idéologie voltairienne laisse un tel sentiment de frustration? Immanquablement, on finit par le déclasser en le comparant à de « vrais » penseurs, Montesquieu, Diderot, Rousseau! Ou bien, plus malencontreusement, on l'affadit, sous prétexte de le mettre au goût du jour : modèle d'esprit critique, apôtre des droits de l'homme et contrepoison du totalitarisme (?), champion de toutes (?) les libertés, etc. Baisers humides, qui ne le feront pas lire davantage, et masquent sa force inimitable : la formidable, l'effrayante puissance de frappe polémique. Une des plus redoutables machines à tuer jamais montée sur deux pieds. L'art aussi, jamais retrouvé, de ce que R. Barthes[1] appelle justement « l'imagination intellectuelle » : « Pourquoi sommes-nous si lourds, si indifférents à mobiliser le récit, l'image? Ne voyons-nous pas que ce sont tout de même les œuvres de fiction, si médiocres soient-elles artistiquement […], qui ébranlent le mieux le sentiment politique? ». Tel est bien le fond du problème : l'idéologie voltairienne, dégagée du texte qui la met en scène, du rythme qui la fait danser, des inventions qui la transforment en dramaturgie intellectuelle, perd sa vie et sa force. […]
Le conte philosophique n'appartient qu'à Voltaire, en ce siècle féru de contes de toutes sortes. On peut risquer quelques vérités générales. Et d'abord le refus viscéral de l'intériorité. Tout ce qui est subjectif, intime, sensible, le convulse. D'où le rejet, on a envie de dire le refoulement, de la première personne. Un narrateur sarcastique s'acharne à repousser tout contact trop direct entre le lecteur et les personnages.

Le XVIIIe siècle, © Bordas, 1988.

1. Critique littéraire et sémiologue (spécialiste des signes) français (1915-1980).

Texte 3 • Voltaire, *Le Taureau blanc*, 1774

Dans Le Taureau blanc, *Voltaire revient sur l'intérêt des contes, en plaçant dans la bouche d'un de ses personnages féminins un plaidoyer pour les histoires qui invitent à réfléchir et non seulement à se divertir.*

« Tous ces contes-là m'ennuient, répondit la belle Amaside, qui avait de l'esprit et du goût. [...] Les contes qu'on pouvait faire à la quadrisaïeule[1] de la quadrisaïeule de ma grand-mère ne sont plus bons pour moi, qui ai été élevée par le sage Mambrès, et qui ai lu l'*Entendement humain* du philosophe égyptien nommé Locke, et la *Matrone d'Éphèse*. Je veux qu'un conte soit fondé sur la vraisemblance, et qu'il ne ressemble pas toujours à un rêve. Je désire qu'il n'ait rien de trivial ni d'extravagant. Je voudrais surtout que, sous le voile de la fable, il laissât entrevoir aux yeux exercés quelque vérité fine qui échappe au vulgaire. Je suis lasse du soleil et de la lune dont une vieille dispose à son gré, des montagnes qui dansent, des fleuves qui remontent à leur source, et des morts qui ressuscitent ; mais surtout quand ces fadaises sont écrites d'un style ampoulé[2] et inintelligible, cela me dégoûte horriblement. Vous sentez qu'une fille qui craint de voir avaler son amant par un gros poisson, et d'avoir elle-même le cou coupé par son propre père, a besoin d'être amusée, mais tâchez de m'amuser selon mon goût. »

1. Ancêtre de la quatrième génération.
2. Pompeux, artificiel.

Retour au texte

1 • Indiquez les principaux éléments qui ancrent le récit dans l'univers oriental.

2 • Relevez les différents combats que mène Zadig au cours du récit en indiquant sur quels sujets ils portent.

Interprétations

L'Orient, un masque de l'Occident ?

3 • Les principaux abus qu'affronte Zadig vous paraissent-ils propres à l'Orient ? Le conte pourrait-il se dérouler dans un autre cadre ? Justifiez votre réponse.

4 • Quelles sont les raisons, selon vous, qui ont poussé Voltaire à situer l'action du conte en Orient ? Que révèle ce choix ?

Zadig, un homme des Lumières ?

5 • Sur quels principes repose l'action de Zadig ? Que cherche-t-il en toutes circonstances ? Vous vous appuierez sur le texte 1 (ci-contre) pour argumenter votre réponse.

6 • Par quels moyens lutte-t-il contre ses adversaires ?

7 • Étudiez quelques exemples de la manière dont Zadig s'exprime lorsqu'il prend la parole. En quoi son discours se différencie-t-il de celui de ses adversaires ?

Zadig, un double de Voltaire ?

8 • Quelles sont les ressemblances et les différences entre Zadig et Voltaire ? Aidez-vous du texte 2 (p. 136) pour argumenter votre réponse.

9 • Comment qualifieriez-vous la relation entre l'auteur et son personnage ?

Et vous ?

Écriture personnelle

Zadig a-t-il des défauts selon vous ? Si oui, lesquels ?

Texte 1 • Jacques Van den Heuvel, *Voltaire dans ses contes*, 1966

Zadig, en effet, représente infiniment plus que lui-même. La lutte qu'il mène contre les forces obscures dépasse de beaucoup le plan de son existence personnelle. Dans toute la force du terme, sa destinée est exemplaire. De son salut dépend celui des valeurs essentielles à l'humanité. Qu'il succombe, et c'est le triomphe irrémédiable des Orcan, des Arimaze, des Yébor, des Missouf, des Itobad, de tous ces êtres qui sont à un degré ou à un autre, l'expression du mauvais principe.

S'il est un modèle, Zadig est aussi un champion. Il vit somme toute assez peu pour lui, ce héros qui désespère parfois de la Providence, mais qui est toujours la Providence des autres. Dans cet univers où, à part quelques êtres d'élite, chacun ne pense qu'à soi – l'envieux à son envie, la capricieuse à ses caprices, le brigand à ses rapines, le pêcheur à ses fromages à la crème – Zadig se définit essentiellement par sa référence à autrui. C'est au nom de l'humanité qu'il vole au secours de la femme battue. C'est aussi au nom de l'humanité qu'il sauve du bûcher la jeune veuve Almona. À la fois savant, sage, homme du monde, législateur, saint et héros, il incarne les vertus essentielles d'une civilisation, de cette civilisation qui, pour Voltaire, est destinée à s'épanouir à travers l'histoire.

Celle de l'antiquité nous fournit donc, de loin en loin, l'exemple d'hommes providentiels, alliage infiniment rare d'héroïsme, de sainteté et de sagesse, « qui tirent leur patrie de la servitude » et peuvent le cas échéant la gouverner en bons rois. Hommes nécessaires à l'évolution du genre humain, qui sans eux « eût été toujours semblable aux bêtes farouches » et dont l'histoire serait absolument dépourvue de sens. Zadig représente un de ces foyers de lumière, un de ces êtres en communication constante avec l'idéal, et dont le rôle est de régénérer l'humanité en l'arrachant aux forces obscures.

Texte 2 • Édouard Guitton, Préface de *Zadig et autres contes*, 2001

Dans *Zadig*, la griserie intellectuelle laisse l'amour-propre occuper le centre du tableau. Un simple sujet, plus doué que les autres, devient – facilement – Premier ministre et – plus difficilement – roi, et chaque fois le meilleur possible. *Si j'étais roi* : vieux rêve, titre ou refrain pour une chanson populaire, revanche illusoire sur l'injustice du sort dans une monarchie absolue de droit divin, fantasme de toute-puissance qu'on nourrit ordinairement à quinze ans et que Voltaire se paye le luxe de pousser jusqu'à son terme : « Zadig fut roi et fut heureux. » Le simple sujet épouse la reine et fait le bonheur de son peuple. La belle histoire finit en apothéose dans un concert de bénédictions : « On bénissait Zadig et Zadig bénissait le ciel ». La féerie traduit peut-être le désir du philosophe de transformer, par un coup de baguette magique, la monarchie vermoulue en despotisme éclairé. Mais le simulacre laisse transparaître à son insu la naïve, l'insigne vanité de l'auteur. Voltaire avait horreur de l'exhibitionnisme : moins qu'une confidence, même déguisée, ou qu'une confession, même travestie, il projette dans ses contes une image déformée et néanmoins révélatrice de son moi. À partir du moment où s'élabore la fiction, *je* devient *un autre*. Ne nous laissons pas prendre au piège de l'assimilation. […]

Somme toute, Zadig est à la fois Voltaire et son contraire : le jeune homme représenté au chapitre I, qui sait « modérer ses passions », qui ne veut point « toujours avoir raison », qui a appris de Zoroastre « que l'amour-propre est un ballon gonflé de vent, dont il sort des tempêtes quand on lui fait une piqûre » […], a toutes les allures d'un anti-Voltaire, figure de rêve qui n'existe nulle part : l'homme épuré, idéalisé, tel qu'il voudrait être et n'y parvient jamais.

Vers l'écrit du bac

Hasard, destinée ou Providence : quelle puissance gouverne la vie des hommes ?

▸ **Objet d'étude : la question de l'Homme dans les genres de l'argumentation**

Retour sur *Zadig*

1. Quelle image Zadig a-t-il de son sort avant la discussion avec l'ange ?
2. De quelle liberté dispose-t-il dans le récit ?

Corpus complémentaire

Document A – Jean de La Fontaine, *Fables* (1668-1694)

L'Astrologue qui se laisse tomber dans un puits

Un Astrologue un jour se laissa choir
Au fond d'un puits. On lui dit : « Pauvre bête,
Tandis qu'à peine à tes pieds tu peux voir,
Penses-tu lire au-dessus de ta tête ? »
Cette aventure en soi, sans aller plus avant,
Peut servir de leçon à la plupart des hommes.
Parmi ce que de gens sur la terre nous sommes,
Il en est peu qui fort souvent
Ne se plaisent d'entendre dire
Qu'au Livre du Destin les mortels peuvent lire.
Mais ce Livre qu'Homère et les siens ont chanté,
Qu'est-ce, que[1] le Hasard parmi l'Antiquité,

Et parmi nous la Providence?
Or du Hasard il n'est point de science :
S'il en était, on aurait tort
De l'appeler hasard, ni fortune, ni sort,
Toutes choses très incertaines.
Quant aux volontés souveraines
De celui qui fait tout, et rien qu'avec dessein,
Qui les sait, que lui seul? Comment lire en son sein?
Aurait-il imprimé sur le front des étoiles
Ce que la nuit des temps enferme dans ses voiles?
À quelle utilité? Pour exercer l'esprit
De ceux qui de la sphère et du globe ont écrit?
Pour nous faire éviter des maux inévitables?
Nous rendre dans les biens de plaisir incapables?
Et causant du dégoût pour ces biens prévenus,
Les convertir en maux devant qu'ils soient venus?
C'est erreur, ou plutôt c'est crime de le croire.
Le firmament se meut; les astres font leur cours,
Le soleil nous luit tous les jours,
Tous les jours sa clarté succède à l'ombre noire,
Sans que nous en puissions autre chose inférer[2]
Que la nécessité de luire et d'éclairer,
D'amener les saisons, de mûrir les semences,
De verser[3] sur les corps certaines influences.
Du reste, en quoi répond au sort toujours divers
Ce train toujours égal dont marche l'univers?
Charlatans, faiseurs d'horoscope,
Quittez les Cours des Princes de l'Europe;
Emmenez avec vous les souffleurs[4] tout d'un temps.
Vous ne méritez pas plus de foi que ces gens.

Je m'emporte un peu trop ; revenons à l'histoire
De ce Spéculateur[5] qui fut contraint de boire.
Outre la vanité de son art mensonger,
C'est l'image de ceux qui bâillent aux chimères[6]
Cependant qu'ils sont en danger,
Soit pour eux, soit pour leurs affaires.

II, XIII.

1. Sinon.
2. Déduire.
3. Exercer.
4. Allusion aux alchimistes qui attisaient le feu de leurs fourneaux pour tenter de fabriquer de l'or.
5. Celui qui se contente de regarder avec attention : ici, le penseur, l'astrologue.
6. Rêver.

Document B – Blaise Pascal, *Pensées* (1671), texte écrit au sujet de la mort de son père

Quand nous sommes dans l'affliction à cause de la mort de quelque personne pour qui nous avions de l'affection, ou pour quelque autre malheur qui nous arrive, nous ne devons pas chercher de la consolation dans nous-mêmes, ni dans les hommes, ni dans tout ce qui est créé ; mais nous la devons chercher en Dieu seul. Et la raison en est que toutes les créatures ne sont pas la première cause des accidents que nous appelons maux, mais que la providence de Dieu en étant l'unique et véritable cause, l'arbitre et la souveraine, il est indubitable qu'il faut recourir directement à la source, et remonter jusques à l'origine pour trouver un solide allégement.

Que si nous suivons ce précepte, et que nous considérions cette mort qui nous afflige, non pas comme un effet du hasard ni comme une nécessité fatale de la nature, ni comme le jouet des éléments et des parties qui composent l'homme (car Dieu n'a pas abandonné ses élus au caprice du hasard) mais comme une suite inévitable, juste, et sainte d'un arrêt de la providence de Dieu, pour être exécuté dans la plénitude de son temps ; et enfin que tout ce qui est arrivé a été de tout temps présent et préordonné en Dieu : si, dis-je, par un transport de grâce nous regardons cet accident, non dans lui-même et hors de Dieu, mais hors de lui-même, et dans la volonté même de Dieu, dans la justice de son arrêt, dans l'ordre de sa providence qui en est la véritable cause, sans qui il ne fût pas arrivé, par qui seule il est arrivé, et de la manière dont il est arrivé, nous adorerons dans un humble silence la hauteur impénétrable de ses secrets : nous vénérerons la sainteté de ses arrêts : nous bénirons la conduite de sa providence ; et unissant notre volonté à celle de Dieu même, nous voudrons avec lui, en lui, et pour lui, la chose qu'il a voulue en nous, et pour nous de toute éternité.

Document C – Denis Diderot, *Jacques le fataliste et son maître* (1796)

Jacques ne connaissait ni le nom de *vice*, ni le nom de *vertu* ; il prétendait qu'on était heureusement ou malheureusement né. Quand il entendait prononcer les mots *récompense* ou *châtiment*, il haussait les épaules. Selon lui, la récompense était l'encouragement des bons ; le châtiment, l'effroi des méchants. « Qu'est-ce autre chose, disait-il, s'il n'y a point de liberté et que notre destinée soit écrite là-haut ? » Il croyait qu'un homme s'acheminait aussi nécessairement à la gloire ou à l'ignominie[1] qu'une boule qui aurait la conscience d'elle-même suit la pente d'une montagne ; et que, si l'enchaînement des causes et des effets qui forment la vie d'un homme depuis le premier instant de sa naissance jusqu'à son dernier soupir nous était connu, nous resterions convaincus qu'il n'a fait que ce qu'il était nécessaire de faire. Je l'ai plusieurs fois contredit, mais sans avantage et sans fruit. En effet, que répliquer à celui qui vous dit : « Quelle que soit la somme des éléments dont je suis composé, je suis un ; or une cause une n'a qu'un effet ; j'ai toujours été une cause une ; je n'ai donc jamais eu qu'un effet à produire ; ma durée n'est donc qu'une suite d'effets nécessaires ». C'est ainsi que Jacques raisonnait d'après son capitaine. La distinction d'un monde physique et d'un monde moral lui semblait vide de sens.

1. Honte.

Document D – Voltaire, *Candide* (1759)

Pangloss enseignait la métaphysico-théologo-cosmolonigologie[1]. Il prouvait admirablement qu'il n'y a point d'effet sans cause, et que, dans ce meilleur des mondes possibles, le château de monseigneur le baron était le plus beau des châteaux et madame la meilleure des baronnes possibles.
« Il est démontré, disait-il, que les choses ne peuvent être autrement : car, tout étant fait pour une fin, tout est nécessairement pour la meilleure fin. Remarquez bien que les nez ont été faits pour porter des lunettes, aussi avons-nous des lunettes. Les jambes sont visiblement instituées pour être chaussées, et nous avons des chausses. Les pierres ont été formées pour être taillées, et pour en faire des châteaux, aussi monseigneur a un très beau château ; le plus grand baron de la province doit être le mieux logé ; et, les cochons étant faits pour être mangés, nous mangeons du porc toute l'année : par conséquent, ceux qui ont avancé que tout est bien ont dit une sottise ; il fallait dire que tout est au mieux. »
Candide écoutait attentivement, et croyait innocemment ; car il trouvait Mlle Cunégonde extrêmement belle, quoiqu'il ne prît jamais la hardiesse de le lui dire. Il concluait qu'après le bonheur d'être né baron de Thunder-ten-tronckh, le second degré de bonheur était d'être Mlle Cunégonde ; le troisième, de la voir tous les jours ; et le quatrième, d'entendre maître Pangloss, le plus grand philosophe de la province, et par conséquent de toute la terre.

Chapitre I.

1. Terme fantaisiste se moquant de la philosophie de Leibniz (voir encart culturel, p. 93). On notera le jeu de mots sur *nigologie* : science des nigauds.

Sujet de bac (séries générales)

Questions *(4 pts)*

En vous appuyant sur des passages précis, vous direz comment chacun des auteurs ou des personnages explique et justifie l'ordre du monde.

Travaux d'écriture *(16 pts)*

Commentaire :

Vous ferez un commentaire du document C.

Dissertation :

Pensez-vous que la littérature puisse nous aider davantage que la science à tenter de comprendre la place de l'homme dans le monde et le sens de l'existence ? Vous vous appuierez sur les textes du corpus et sur vos connaissances pour développer votre réflexion.

Écriture d'invention :

Vous imaginerez un contradicteur à la thèse que Diderot attribue à Jacques dans le document C : « Il croyait qu'un homme s'acheminait aussi nécessairement à la gloire ou à l'ignominie, qu'une boule qui aurait la conscience d'elle-même suit la pente d'une montagne ». Vous développerez son argumentation.

Le roi de Perse, le shah Tahmasp, assis sur le trône dans la grande salle de son palais,
miniature attribuée au peintre Khadja Abd-al-Aziz, exécutée dans les ateliers de Kazwin, vers 1540, BnF, Paris.

Dossier central images en couleurs

Retour aux images

1 • Identifiez les personnages pourvus d'ailes dans les quatre représentations et indiquez les significations de cet attribut dans chacune d'elles.

2 • Repérez des objets à valeur symbolique présents dans ces illustrations.

Interprétations

Quelle place pour l'homme dans l'univers ?

3 • Étudiez l'organisation des trois plans verticaux du document I (personnages, actions, décors). À quel monde correspond chaque plan ? Comment peut-on interpréter leur succession ?

4 • Quels sont les groupes de personnages qui composent le document II et comment sont-ils disposés dans l'espace ?

5 • Que représentent respectivement le photogramme du film de Wim Wenders (document IV) et le kairos (document III) ? Comment sont composés ces personnages ?

6 • Quelle vision commune de la place de l'homme dans l'univers peut-on en dégager ?

Quel sens donner à l'existence humaine ?

7 • Qualifiez d'un mot la signification que revêt l'existence humaine, selon vous, pour chacune des représentations. Vous pourrez faire référence aux termes utilisés dans la rubrique « L'œuvre en débat » (p. 146-151).

8 • Quels en sont les points communs et les différences ?

9 • Si vous deviez choisir l'une de ses illustrations pour symboliser l'histoire de Zadig, laquelle garderiez-vous ? Vous justifierez librement votre réponse.

Et vous ?

Recherche personnelle

En vous aidant de livres et de sites internet, par exemple, vous proposerez un cinquième document qui vous paraîtra symboliser votre vision personnelle de l'existence humaine, et vous commenterez votre choix.

I

John Melhuish Strudwick (1849-1937), *Un Fil d'or*, huile sur toile (72,4 x 42,5 cm) Tate Collection, Londres

Les Parques étaient trois divinités qui tenaient entre leurs mains le fil de l'existence humaine. La première le fabriquait, la deuxième l'enroulait autour d'un fuseau, la troisième le tranchait. Le peintre interprète ici ce récit mythologique, en montrant le caractère inéluctable du temps qui passe.

II

Louis Testelin (1615-1665), *La Roue de la Fortune* (vers 1651-1652), papier beige, pierre noire (11,3 x 30 cm), musée du Louvre, Paris

La Roue de la Fortune symbolise, depuis l'Antiquité, le caractère imprévisible et capricieux des destinées humaines. Portés tour à tour au sommet ou au plus bas du cercle décrit par la roue, les individus y sont figurés comme les jouets du hasard dans un cycle sans fin.

III

Copie d'après Lysippe (v. 395-v. 305 av. J.-C.), bas-relief d'un sarcophage représentant Kairos, IIe siècle, Museo dell'Antichita, Turin

Le Kairos désigne en Grèce antique le « moment opportun ». Il est l'une des figures du Temps, celle de l'instant, de l'occasion à saisir. Le sculpteur Lysippe le représente en jeune homme pourvu d'ailes, tenant une balance. Il porte une longue chevelure par laquelle il faut le saisir lorsqu'il se présente.

IV

Photogramme des *Ailes du désir* film de Wim Wenders (né en 1945) [1987], avec Bruno Ganz

Dans ce film, qui a pour cadre Berlin, Wenders raconte la vie des anges censés veiller sur les humains. Immortels, ils ne ressentent aucune sensation des êtres vivants. Ils vivent dans un univers « noir et blanc ». Par amour pour une humaine, l'un d'eux renoncera à l'immortalité pour partager sa (notre) condition.

Quelle peut être la signification de *Zadig* ?

La signification de *Zadig* fait débat. Volontairement ou non, Voltaire a maintenu l'ambiguïté sur ses intentions, d'autant plus qu'il a suggéré lui-même que, derrière la façade amusante du récit, se cache un sens plus profond. Mais lequel ? Devons-nous simplement dépasser la fable orientale pour accéder à la critique des mœurs de son époque ? Devons-nous nous arrêter à l'apparente absurdité des événements ? Faut-il voir plus loin et douter que la Providence, explicitement présentée comme la solution aux questions posées par les aventures de Zadig, soit le dernier mot de sa pensée ? Jusqu'à quel degré d'interprétation est-il légitime d'aller ?

1 • Comment Voltaire utilise-t-il le terme de *Providence* dans sa lettre (texte 1, ci-contre) ? Le sens en est-il clair ?

2 • Quelle image se dégage du texte 2, p. 148 ? À la lecture de cette mise en perspective, quelle est la force qui gouverne l'existence du héros ? Quel problème pose-t-elle au lecteur ?

3 • Selon le texte 3 (p. 149), quel est le lien qui unit les différents aspects de l'aventure ? Comment cette solution résout-elle le problème soulevé par le texte 2 ?

4 • Sur quels éléments le texte 4 (p. 150-151) s'appuie-t-il pour mettre en doute l'interprétation du texte 3 ?

Texte 1 • Voltaire, *Lettre à Pierre de Bernis*, 1748

Dans cette lettre où il revendique la paternité de Zadig, *tout en se défendant contre ses accusateurs, Voltaire livre une précieuse indication sur la signification qu'il attribue à son conte.*

À François-Joachim de Pierre de Bernis

À Commercy ce 14 octobre 1748,
en présence de Sa Majesté Le Roi de Pologne.

Je suis si loin de vous accuser, Monsieur, d'avoir fait *Zadig*, que je m'en avouai l'auteur au roi de Pologne, dès que ce petit ouvrage parut ; et je crus devoir cet aveu aux bontés de ce monarque, à l'approbation que lui, son confesseur, et les personnes les plus vertueuses donnaient à ce roman moral, qu'on devrait intituler plutôt *La Providence* que *La Destinée*, si on osait se servir de ce mot respectable de providence dans un ouvrage de pur amusement.

Je sais que des hommes trompeurs et méchants, qu'apparemment cette même providence emploie depuis longtemps pour me mettre à de très rudes épreuves, ont fait tout ce qu'ils ont pu pour envenimer contre moi la personne respectable dont vous parlez. Je sais de quelles calomnies on m'accable ; et avec quel acharnement on s'obstine à me persécuter. Je pardonne à l'envie. J'attends tout du temps, et votre amitié me console. J'espère de cette amitié, de votre discrétion, et de votre équité tout ce que j'en dois espérer. Soyez sûr que mes sentiments d'estime et mon attachement pour vous sont de toute façon inaltérables.

Voltaire.

Correspondances, , « Bibliothèque de la Pléiade ».

Texte 2 • Robert Mauzi, *L'Idée du bonheur dans la littérature et la pensée françaises au XVIIIe siècle*, 1994

Robert Mauzi (voir aussi p. 125) étudie la conception du bonheur telle qu'elle est mise en scène dans Zadig. *Il décrit les aventures du héros en privilégiant ce qui lui paraît le plus frappant à la première lecture.*

L'une des principales fonctions du conte voltairien est de mettre en scène, sinon le tragique de la condition de l'homme, du moins l'absurdité du monde et la vanité des projets humains. *Zadig* est l'histoire d'un homme qui possède tout pour être heureux : prestiges de la jeunesse, de la beauté et de la richesse, qualités de l'esprit et de l'âme. S'il manque, malgré tout, le bonheur, c'est que tous ses mérites et ses avantages ne le dispensent pas d'être la victime des autres. C'est de ceux-ci, presque toujours, que viennent les obstacles tant il est vrai que la vertu isolée demeure inutile, sans la complicité de la vertu d'autrui. [...] L'existence de Zadig se déroule comme une absurde suite d'enchaînements imprévisibles, d'accidents gratuits, d'infortunes imméritées. Presque toujours des causes minuscules se répercutent en effets sinistres et inattendus. Si la vertu n'est pas systématiquement disqualifiée – plusieurs fois même elle aide Zadig à redresser ou à renverser sa condition –, elle ne compte pas pour grand chose devant la contingence des événements. L'efficacité relative du mérite, de la sagesse et de la volonté, ne peut, tout au plus, que se combiner avec l'influence saugrenue du hasard et tenter de composer avec elle. Alternativement, l'une et l'autre mènent le jeu. Mais on ne peut jamais prévoir à quel moment ce sera l'une ou l'autre. Dans la balance du Destin, les qualités humaines ne pèsent pas plus que la chienne « volage », les griffons imaginaires, et les rubans jaunes de la reine. Cette conclusion n'est-elle pas plus affligeante qu'un simple fatalisme écrasant, qui priverait l'homme de toute chance de bonheur, mais lui rendrait, en échange, la grandeur pascalienne de la victime, plus noble que ce qui la détruit? La destinée humaine, pour Voltaire, n'a pas ce tragique grandiose, et l'homme, en quête d'un bonheur si fugace, ne peut même pas se nourrir de la certitude d'être nécessairement vaincu.

Texte 3 • Jacques Van den Heuvel, *Œuvres de Voltaire, notices*, 1979

Jacques Van den Heuvel, spécialiste des contes de Voltaire, donne son analyse de la signification profonde de Zadig *en insistant sur l'influence de la pensée de Leibniz.*

[S]i l'on considère tous les épisodes de l'aventure de Zadig, non pas au jour le jour, mais d'une manière rétrospective et à la lumière du dénouement, on s'apercevra qu'en réalité il n'y a pas de hasard : plus le cheminement de l'histoire est long et capricieux, plus s'affirme en profondeur l'existence d'un ordre providentiel. Il y a comme une structure cycloïdale du conte qui fait qu'en définitive aucune expérience n'est perdue et que, dans une réussite qui est celle d'une technique autant que celle d'une pensée philosophique, tous les détails concourent strictement à l'édification de l'ensemble. Interprétant la suite des aventures de Zadig, un Pangloss arriverait, semble-t-il, non pas à d'extravagantes ratiocinations[1] *métaphysiques* – on sait que pour Voltaire la métaphysique est ridicule dans la mesure où elle s'oppose au naturel –, mais à l'expression de la vérité même. Car enfin, dirait-il cette fois à juste titre, si Zadig n'avait pas été trahi par Sémire, puis par Azora, s'il n'avait pas été dénoncé par l'Envieux, il ne serait pas devenu Premier ministre et n'aurait pas été remarqué par la reine Astarté ; s'il n'avait pas été menacé par la jalousie de Moabdar, s'il n'avait pas fui en Égypte, s'il n'avait pas été réduit en esclavage, il ne serait pas devenu en fin de compte l'époux d'Astarté, et le roi de Babylone…

Les autres destinées que Zadig et l'ermite croisent sur leur chemin offrent, elles aussi, sous une absurdité apparente, le même aspect providentiel. Par une symbolique très habile – composition en « abyme » –, Voltaire a disposé à l'intérieur de son récit principal de petites anecdotes qui, apportant elles aussi le même enseignement, élargissent à l'ensemble de l'humanité les problèmes que posait l'existence du seul Zadig.

Œuvres de Voltaire, Romans et contes, © Gallimard, « Bibliothèque de la Pléiade », 1979.

1. Raisonnements vains.

Texte 4 • René Pomeau, Introduction de *Micromégas, Zadig, Candide*, 1994

René Pomeau n'est pas convaincu par l'analyse de Jacques Van den Heuvel (texte 3, p. 149) et propose sa propre interprétation, plus nuancée.

Que signifie en définitive ce récit ? Sous-titré « la Destinée », tournerait-il à l'apologie de la Providence ? Faut-il en chercher le sens ultime dans les propos oraculaires de l'ange Jesrad, visiblement inspirés de Leibniz – ce Leibniz auquel adhère Mme du Châtelet, au moment où Voltaire rédige *Zadig* ? C'est l'interprétation que propose Jacques Van den Heuvel, dans de brillantes analyses. L'ange paraît en effet annoncer l'heureux dénouement. Tant d'épreuves trouvent finalement leur compensation. Jesrad ne l'avait-il pas dit ? « Il n'y a point de mal dont il ne naisse un bien. » L'« enchaînement des événements » fait qu'une succession de malheurs produit le bonheur final de nos héros. N'est-ce point là un « ordre de sagesse » voulu par l'Être suprême, et non point une suite de hasards, comme l'imaginent de « faibles mortels » ? Parvenu au sommet de la félicité, Zadig n'a-t-il pas raison de se remémorer « ce que lui avait dit l'ange Jesrad » ?
À vrai dire, si ingénieuse qu'elle soit, la démonstration suscite chez le lecteur des « mais » analogues à ceux de Zadig lui-même. Péremptoires, les déclarations de l'« ange divin » ne sont pas toujours convaincantes. Il est au moins un « mais » auquel l'envoyé du ciel n'a su répondre que bien faiblement. Il s'agit du jeune neveu, mis à mort pour l'empêcher de tuer sa tante et Zadig lui-même. À l'âge de quatorze ans, son cas n'était certainement pas désespéré. Ne valait-il pas mieux, objecte Zadig, corriger cet enfant, par une bonne éducation, plutôt que de le noyer ? Jesrad prétend qu'alors il aurait été lui-même assassiné, avec sa femme et son fils. Mais qu'en sait-il ? Le livre de l'avenir est indéchiffrable. Où irait-on, si l'on se mettait à tuer les gens pour leur éviter les aléas de l'existence ? Surtout les oracles de Jesrad contredisent l'allure même du récit où se manifeste, non la sagesse de la Providence, mais la gratuité d'une Destinée capricieuse. […]

Aussi le dénouement se détache-t-il comme un *happy end* irréaliste. C'est une loi du genre – Jacques Van den Heuvel l'indique – : à la fin du conte, on procède à une sorte de distribution des prix, entre les partenaires sympathiques de l'action. Tout est pour le mieux dans le meilleur des mondes, provisoirement. Car cela durera-t-il ? […] Des grains de sable vont s'introduire dans un si bel ordre, comme ils ont déréglé le cours heureux du ministère de Zadig sous le règne de Moabdar. Et l'amour parfait des deux amants royaux sera-t-il éternel ? Après « la lune de miel », viendra inévitablement « la lune de l'absinthe ». Telle est la triste réalité, comme l'atteste, non seulement « le livre du *Zend* », mais l'expérience banale de la vie (chapitre 3).

Question d'actualité

Quelle actualité scientifique pour la « méthode de Zadig » ?

Dès le XIXe siècle, des scientifiques, comme le Français Cuvier ou l'Anglais Thomas Huxley, ont manifesté leur intérêt pour la méthode utilisée par Zadig dans le chapitre 3, au cours de son enquête sur la disparition du chien et du cheval. L'Anglais Horace Walpole, de son côté, est remonté au récit oriental, *Les Aventures des trois Princes de Serendip*, pour forger le terme *serendipity*, qui caractérise ce type de raisonnement. Il se fonde essentiellement sur deux données complémentaires : l'aspect fortuit des circonstances (l'absence de liens apparents entre elles) et la sagacité de l'observateur qui les étudie. Aujourd'hui, des paléontologues et autres scientifiques reviennent à cette « méthode » pour en souligner la fécondité dans des domaines où l'observation directe est impossible. Elle permet de reconstituer un être ou un fait absents en étudiant les traces dont on dispose. Cette méthode a aussi beaucoup influencé le roman policier anglo-saxon, dont les enquêtes de Sherlock Holmes sont le prototype.

1 • En quoi consiste l'originalité de la démarche proposée par la sérendipité comparée à celle d'autres formes de raisonnement (voir texte 1, p. 153-154 et 5, p. 158) ?

2 • Quel est l'apport spécifique de Voltaire dans l'élaboration de cette démarche (voir textes 2 et 3, p. 154-156) ?

3 • Quelles autres qualités que le raisonnement requiert la méthode de Zadig (voir textes 4 et 5, p. 157-158) ?

4 • Pourquoi les paléontologues et les préhistoriens sont-ils plus particulièrement intéressés par cette méthode (voir texte 4, p. 157-158) ?

5 • En vous référant au texte 2 (p. 154-155) et également aux propos de Frédéric Lenormand (voir « Rencontre avec... », p. 160-163), indiquez ce qui a pu faire de Voltaire un précuseur de l'enquêteur de roman policier.

6 • En quoi le dossier remet-il en cause certaines idées reçues sur la science ?

Texte 1 • Chevalier Louis de Mailly, *Les Aventures des trois Princes de Serendip*, 1719

Le chevalier de Mailly (1657-1724), s'inspirant lui-même d'une version italienne, est l'un des adaptateurs français du conte oriental, Les Aventures des trois Princes de Serendip, *dont Voltaire, à travers la version rapportée par d'Herbelot (voir encart culturel, p. 100), réutilise la trame au chapitre 3 de* Zadig.

Comme ils continuaient leur route pour se rendre à la ville impériale, ils rencontrèrent un conducteur de chameaux, qui en avait perdu un ; il leur demanda s'ils ne l'avaient pas vu par hasard. Ces jeunes princes, qui avaient remarqué dans le chemin les pas d'un semblable animal, lui dirent qu'ils l'avaient rencontré, et afin qu'il n'en doutât point, l'aîné des trois princes lui demanda si le chameau n'était pas borgne ; le second, interrompant, lui dit :

« Ne lui manque-t-il pas une dent ? »

Et le cadet ajouta :

« Ne serait-il pas boiteux ? »

Le conducteur assura que tout cela était véritable. [...]

Le chancelier, entendant toutes ces choses, crut de bonne foi que ces princes lui avaient dérobé son chameau. Il résolut d'avoir recours à la justice ; et lorsqu'ils furent arrivés à la ville impériale, il les accusa de ce prétendu larcin. Le juge les fit arrêter comme des voleurs de grand chemin, et commença à faire leur procès. [...]

[Une fois innocentés, les Princes s'expliquent devant l'empereur.]

Ensuite, il[1] désira savoir comment ils avaient pu donner des indices si justes d'un animal qu'ils n'avaient pas vu. Ces princes voulant le satisfaire, l'aîné prit la parole et lui dit :

« J'ai cru, Seigneur, que le chameau était borgne, en ce que, comme nous allions dans le chemin par où il était passé, j'ai remarqué d'un côté que l'herbe était toute rongée, et beaucoup plus mauvaise que celle de l'autre, où il n'avait pas touché ; ce qui m'a fait croire qu'il n'avait qu'un œil parce que, sans cela, il n'aurait jamais laissé la bonne pour manger la mauvaise. »

Le puîné, interrompant le discours :

« Seigneur, dit-il, j'ai connu qu'il manquait une dent au chameau en ce que j'ai trouvé dans le chemin, presque à chaque pas que je faisais, des bouchées d'herbe à demi mâchées de la largeur d'une dent d'un semblable animal.

– Et moi, dit le troisième, j'ai jugé que ce chameau était boiteux parce qu'en regardant les vestiges[2] de ses pieds, j'ai conclu qu'il fallait qu'il en traînât un, par les traces qu'il en laissait. »

1. L'empereur.
2. Les traces.

Texte 2 • Régis Messac, *Le* « detective novel » *et l'influence de la pensée scientifique*, 1929

Régis Messac fut l'un des premiers en France à étudier le roman policier anglo-saxon, notamment celui de Conan Doyle, et à en rechercher les origines. Après avoir analysé le rôle du conte des Aventures des trois Princes de Serendip, *il en vient à* Zadig *pour marquer le tournant scientifique qu'il représente.*

Mais outre ces nouveautés dues au talent de l'auteur ou à l'influence de son milieu, ce qui nous intéresse plus encore c'est que l'on peut distinguer dans les motifs qui dictent les additions ou les suppressions[1] de Voltaire plus d'un indice du perfectionnement de l'esprit scientifique. Ce Voltaire, auteur d'un travail sur le Feu, vulgarisateur de Newton, ambitieux d'entrer à l'Académie des sciences, il est tout naturel que sa curiosité soit attirée par l'histoire du chameau ; mais dans les détails qu'elle contenait il devait choisir, et ses choix sont significatifs.

Zadig cesse complètement d'être un magicien, ou même un physionomiste. Il étudie « les propriétés des animaux et des plantes », et acquiert « une sagacité qui lui découvrit mille différences où les autres hommes ne voient rien que d'uniforme ». […] Zadig est un adepte de ce qu'on appelait au XVIIIe siècle la *philosophie naturelle*; autrement dit, il a pratiqué les sciences inductives, comme Voltaire lui-même l'avait fait, ou avait tenté de le faire. Cela suffirait à expliquer pourquoi l'histoire de la vigne poussée sur un tombeau, et celle de l'agneau allaité par une chienne disparaissent définitivement. Ces anecdotes, malgré le rôle que l'induction y joue encore d'une manière très générale, reposent sur des faits trop problématiques, sur des observations par trop incertaines; elles eussent paru ridicules aux contemporains de Voltaire; elles lui paraissaient telles à lui-même. […]

Par contre, si tous les détails barbares et primitifs sont éliminés, le récit est disposé de manière à mettre la part du raisonnement en évidence. Dans la plupart des versions précédentes, il n'y avait qu'un seul animal, généralement un chameau, et trois raisonneurs, trois détectives si l'on veut. Procédé rudimentaire et coûteux; mauvaise utilisation de l'énergie : pourquoi se mettre à trois pour avoir de l'esprit? Voltaire simplifie : un seul homme, Zadig fera l'ouvrage des trois frères; il en fera même le double, puisqu'il raisonne sur deux animaux, un chien et un cheval, et non plus sur un seul. […]

Tous ces changements font véritablement du chapitre 3 de *Zadig* quelque chose de nouveau, et réduisent à néant les accusations de plagiat de l'*Année littéraire*[2]. Voltaire a désormais si bien fixé la physionomie de cette anecdote que c'est lui qu'on imitera dans la suite, sans que personne ne se soucie, en dehors des curieux et des érudits, des récits pourtant nombreux qui l'avaient précédé.

1. Par rapport aux versions antérieures.
2. Journal du XVIIIe siècle qui accusa Voltaire de plagiat.

Texte 3 • Sylvie Cattelin, « L'effet de suspense chez Voltaire », 2009

Dans une perspective plus récente, soucieuse de montrer l'importance de démarches originales dans les sciences contemporaines, Sylvie Cattelin précise l'apport spécifique de Voltaire dans la méthode de raisonnement ayant conduit à la sérendipité.

Zadig s'inspire de la science de son temps pour lire dans le « livre de la nature » : il *analyse* la forme des sillons entre les traces de pattes laissées par la chienne ; il *mesure* la distance entre les marques de fers du cheval ; il *met en relation* la largeur de la route et la place des traces de poussière ou les feuilles tombées des arbres pour *évaluer* la longueur de la queue du cheval et sa hauteur ; il sait *reconnaître* aussi, en digne expert de l'orfèvrerie, les marques laissées par l'or du mors et l'argent des fers. Le raisonnement de Zadig est donc nourri de savoir, il a acquis cette *sagacité*, ce « profond et subtil discernement » qui lui découvre « mille différences où les autres hommes ne voient rien que d'uniforme ». Cet hommage à la science est aussi l'occasion pour Voltaire de railler d'autres formes de savoir académique (combien de pouces d'eau coulent en une seconde sous les arches d'un pont, comment faire de la soie avec des toiles d'araignée, ou de la porcelaine avec des bouteilles cassées) et d'ironiser sur les dangers à être trop savant. Zadig se retrouve en effet piégé par son raisonnement, il est d'abord condamné pour avoir dit ce qu'il n'avait pas vu (les deux animaux), puis pour ne pas avoir dit ce qu'il avait vu (le prisonnier échappé).

in *La Sérendipité. Le hasard heureux*,
Actes du colloque de Cerisy, 2009,

Texte 4 • Claudine Cohen, *La Méthode de Zadig. La trace, le fossile, la preuve*, 2011

La paléontologue Claudine Cohen rend hommage à Voltaire et montre comment la démarche de Zadig reste pour les scientifiques actuels de sa discipline une référence intellectuelle. Cet épisode est l'occasion pour Voltaire de fustiger une fois de plus la superstition, l'obscurantisme religieux (ici représentés par les mages qui persécutent Zadig) et les modes de recherche scientifique, à ses yeux périmés, des savants français de son époque, qui perdent leur temps « à peser des pattes de mouches dans des toiles d'araignées ».

Voltaire présente son héros comme un savant d'un genre nouveau, capable d'observation sagace et d'induction pertinente, et détenteur d'un savoir plus utile à l'humanité que les superstitions des mages : il sait l'art de reconstituer la forme d'un animal à partir de ses traces inscrites dans le sable, et de faire, à partir de ces vestiges, le récit des événements qui se sont déroulés en cet endroit. Sa démarche est celle d'un vrai naturaliste, capable de tirer de vastes et utiles conclusions des menus détails qu'il observe. […]

La paléontologie et la préhistoire font usage d'une stratégie de preuve originale que l'on peut nommer, une fois encore, « la méthode de Zadig » : de même que le héros de Voltaire décrivait la chienne de la reine et le cheval du roi en chair et en os après avoir observé leurs traces dans le sable, de même le paléontologue utilise, à bien des égards, des méthodes conjecturales pour reconstruire les êtres éteints, l'histoire de la vie et de l'Homme à partir de fragments dispersés. Non seulement l'observation et la rationalité, mais aussi la sagacité et l'intuition, la fiction et l'imagination, jouent un rôle nécessaire dans ces hypothèses.

Texte 5 • Marie-Anne Paveau, « Ce lumineux objet du désir épistémique », 2011

Marie-Anne Paveau, citant le philosophe Edgar Morin, indique quelle est l'originalité du raisonnement à l'œuvre dans la sérendipité, par différence avec les formes plus connues de la déduction et de l'induction.

L'induction (non mathématique) repose sur la causalité : elle part de constats empiriques qui mènent à des généralisations, alors que la déduction part d'axiomes, d'hypothèses et de définitions pour démontrer logiquement certaines réalités particulières. Dans les deux cas, il existe un lien (causal ou logique) entre le point de départ et le point d'arrivée, qui est absent de la sérendipité. C'est le philosophe américain Charles Sanders Peirce qui a proposé le terme d'*abduction* pour désigner le type de raisonnement permettant de construire des hypothèses à partir d'un ensemble donné des faits qui ne leur sont reliés en rien.

L'abduction sagace est progressivement entrée dans les réflexions contemporaines sur la science et la pensée, mais elle a des racines anciennes très profondes. Dans *La Tête bien faite*, Edgar Morin la mentionne comme méthode de développement de l'intelligence, en la comparant justement à la *métis* grecque :

« Le développement de l'intelligence générale [...] doit faire appel à l'*ars cogitandi*, lequel inclut le bon usage de la logique, de la déduction, de l'induction – l'art de l'argumentation et de la discussion. Il comporte aussi cette intelligence que les Grecs nommaient métis, ensemble d'attitudes mentales... qui combinent le flair, la sagacité, la prévision, la souplesse d'esprit, la débrouillardise, l'attention vigilante, le sens de l'opportunité. Enfin, il faudrait partir de Voltaire et de Conan Doyle, et plus tard examiner l'art du paléontologue ou du préhistorien pour initier à la sérendipité, art de transformer des détails apparemment insignifiants en indices permettant de reconstituer toute une histoire.

in *Les Aventures des trois Princes de Seredip* suivi de *Voyage en sérendipité*,

Photogramme du film *Le Frère le plus futé de Sherlock Holmes*, de Gene Wilder (1934), avec Leo MacKern.

Rencontre avec

Frédéric Lenormand

Auteur de romans policiers historiques, il a repris la série des célèbres enquêtes du juge Ti (d'après Robert van Gulik [1910-1967]). Passionné par le XVIIIe siècle, il a commencé en 2011 un cycle original intitulé *Voltaire mène l'enquête*, dont le héros est l'auteur de *Zadig*. Quatre romans, qui ont obtenu plusieurs prix littéraires, sont parus à ce jour : *La baronne meurt à cinq heures*, *Meurtre dans le boudoir*, *Le diable s'habille en Voltaire* et *Crimes et condiments*.

▶ ***Comment vous est venue l'idée de créer une série de romans policiers historiques dont Voltaire serait le héros ?***

Voltaire fut lui-même enquêteur puisqu'il refit l'enquête bâclée sur les Calas, instruite à charge par le capitoul[1] de Toulouse. Il a été le premier en France à estimer qu'il ne fallait pas laisser la justice ou la police entre les mains de la seule administration. Cela faisait de lui un bon candidat pour être le Hercule Poirot des Lumières.

1. Magistrat municipal de Toulouse.

▶ **Zadig, *que vous évoquez avec humour à la fin de votre deuxième roman,* Meurtre dans le boudoir, *a-t-il joué un rôle dans ce choix ?***

Voltaire fut l'inventeur, au moins pour la France, de l'enquêteur capable de découvrir la vérité par ses seules facultés d'observation : c'est Zadig qui, sans l'avoir vu, sait à quoi ressemble le cheval du roi, qu'il s'est enfui et par quel chemin. De ce point de vue, Voltaire a créé Sherlock Holmes, et cela fait de lui le plus ancien auteur français de romans policiers. Zadig est l'ancêtre d'une longue lignée de détectives pragmatiques convaincus que la vérité jaillira de l'étude des faits. C'est le triomphe de la raison, et ce point a mieux réussi que la volonté du philosophe d'écraser l'infâme. Comme en toute chose, la pérennité de Voltaire lui vient par où il ne l'attendait pas.

Parmi les contes philosophiques, c'est avec *Candide* le plus percutant, celui dont la forme est la plus achevée. Les écrits philosophiques de Voltaire sont souvent des commentaires d'autres œuvres ou des réactions (en général contradictoires) aux travaux ou aux opinions d'autres personnes, voire à des faits divers. L'aspect littéraire de *Zadig*, détaché de l'environnement de Voltaire dans le temps et dans l'espace, lui confère un caractère d'universalité que ses autres textes n'ont pas toujours. Pour ne rien dire de ses tragédies, qui sont si parfaitement dans le goût de son époque qu'elles ne présentent plus aucun intérêt une fois celle-ci disparue. Qui s'intéressera encore aux cris d'une héroïne qui ne sait que se plaindre en vers de douze pieds mal agencés ? Les *Lettres philosophiques anglaises* sont surtout un témoignage de l'archaïsme de la société vers 1725, de la nécessité et de l'impossibilité, déjà, de la réformer. Quant à la lettre sur Pascal, composée par la reprise des annotations que Voltaire laissait en marge des livres qu'il lisait, elle est indigne de lui et plus encore de l'auteur qu'elle attaque. Nulle part ailleurs que dans ses contes Voltaire n'a atteint cette perfection qu'il montre dans l'art de dire des choses d'apparence légère, à la fois distrayantes et utiles. Il s'inscrit là dans la grande tradition de ceux qui entendaient instruire sans ennuyer, tel Fontenelle avec ses *Entretiens sur la pluralité des mondes*, écrits pour être lus par les dames, c'est-à-dire par des personnes qui ne siégeaient pas à l'Académie des sciences.

▶ *Vous avez vous-même accordé un intérêt à l'Orient dans vos récits sur Voltaire (*Meurtre dans le boudoir*). Pensez-vous que ce thème joue un rôle important dans son inspiration ?*

Le détour par l'Orient servait surtout à critiquer la France en ayant l'air de critiquer d'autres pays, comme Montesquieu dans les *Lettres persanes*. Les prêtres de Zoroastre ne sont pas des jésuites puisqu'ils sont prêtres de Zoroastre. Il y avait aussi la question de la mode, qui est toujours un biais pour accéder au public. Les auteurs de l'époque se faisaient un concours à qui écrirait une suite aux *Mille et Une Nuits*, que leur traduction récente avait rendus très célèbres. On pouvait lire *Les Mille et Un Jours*, « contes persans », *Les Mille et Une Soirées*, « contes mogols », *Les Mille et Une Heures*, « contes péruviens », *Les Mille et Une Faveurs*, « contes indiens », et même *Les Mille et Un Quarts d'heure*, « contes tartares », tous écrits par de bons sujets de Sa Majesté Louis XV. En un temps où le cinéma n'existait pas, cela faisait rêver pour pas cher au coin du feu.

▶ *Vos romans mettent en scène un Voltaire qui n'est pas toujours sympathique : hypocondriaque, affairiste, plutôt avare… mais aussi très soucieux de sa postérité littéraire. Quelle image souhaitez-vous donner de votre héros ?*

L'une des grandes particularités de Voltaire est d'avoir eu des défauts radicaux et voyants exactement proportionnels à ses qualités, qui étaient immenses. Il était à la fois près de ses sous et généreux quand il recueillait des gens en difficulté comme il l'a fait tout au long de sa vie ; il était très susceptible, mais pardonnait sans se lasser aux amis qui le trahissaient ; ses haines étaient aussi tenaces que ses amitiés ; il était de santé fragile, mais capable d'élans extraordinaires quand il fallait défendre une cause ou pousser son théâtre sur les planches ; il avait peur de tout, mais n'hésitait pas à se mettre en danger quand l'injustice le révoltait ; il aimait gagner de l'argent et se faire applaudir, mais il aurait pu profiter bien davantage de ces deux choses s'il n'avait pas mis, en fin de compte, son amour de la raison au-dessus de toutes ses vanités.

▶ *Vos livres relatent jusqu'à présent la vie de Voltaire au début de sa relation avec Émilie du Châtelet (en 1733-34). Quelle importance a-t-elle eue auprès*

de lui ? Pourquoi l'associez-vous à ses « enquêtes » ?

Émilie tient la même place dans ces enquêtes fictives qu'elle tenait dans sa vie : elle le relie à tout ce qui lui échappe, notamment la science, une vision cartésienne du monde, elle l'empêche de s'engloutir tout à fait dans son goût pour les joliesses en alexandrins, elle lui procure un toit, des solutions, un point de vue, de la stabilité. Étant tout ce qu'il n'est pas, carrée, solide, douée d'autres passions que les siennes, elle lui apporte un complément salutaire. J'ai coutume de dire que, dans leur couple, elle est l'homme, il est la femme.

▸ ***Quelle est l'actualité de Voltaire aujourd'hui ? Sont-ce ces luttes contre l'obscurantisme et les superstitions religieuses qui occupent notamment votre troisième roman ?***

Voltaire a été le premier à se rebeller contre des idées toutes faites, un ordre établi sur des injustices, à vouloir chercher la vérité non pour un petit nombre de lettrés, mais pour transmettre ses réflexions à tous ceux qui voulaient les entendre, et à y réussir. Toutes ses qualités intellectuelles, et son courage, sont des aspects indémodables de sa pensée et de sa vie qui sont toujours aujourd'hui un bon exemple pour ceux que l'arbitraire, l'injustice et l'intolérance indignent.

▸ ***Le nom de Voltaire reste traditionnellement attaché à l'« ironie ». Qu'en pensez-vous ?***

L'ironie est une révolte qui n'opprime pas, contrairement au dogme, qui finit toujours par s'imposer aussi horriblement que ce qu'il a remplacé. L'ironie, le rire, le sarcasme, la dénonciation des ridicules et des contradictions sont des armes non violentes, très efficaces, et qui n'engagent pas l'avenir, contrairement aux théories sociales dont l'application a fait tant de morts dès la Révolution et toujours depuis.

Lire

• Voltaire, *Le Taureau blanc*, 1774

Dernier des contes de Voltaire, qu'il publie à l'âge de 82 ans, ce texte présente d'intéressantes similitudes avec Zadig. *Inspiré comme lui des* Mille et une nuits, *il perpétue la veine orientale chère à Voltaire et poursuit la quête philosophique de son auteur.*

• Voltaire, *Candide*, 1759

La lecture du plus célèbre conte de Voltaire, écrit une dizaine d'années après Zadig, *montre l'évolution de sa pensée philosophique : l'ordre (ou le désordre) du monde, le hasard et la Providence, la question du Mal, le bonheur...*

• Frédéric Lenormand, *Voltaire mène l'enquête*, série policière, éd. Le Masque 2011-2014

Cette série qui comporte quatre titres parus actuellement *(voir p. 160-163)* *appartient au genre du roman policier historique. Mêlant personnages réels et fiction, en respectant les données de la biographie de Voltaire, elle fait de lui l'ancêtre des grands détectives. Elle propose, avec humour, une image savoureuse de l'auteur de* Zadig, *de ses méthodes et de sa relation avec Madame du Châtelet.*

• Italo Calvino, *Le Baron Perché*, 1957, Le Seuil, trad. française, 1960

Cette fable moderne, située dans l'Italie de la seconde moitié du XVIIIe siècle, est un hommage à l'époque des Lumières, dont le héros est un observateur lucide des bouleversements de son temps. Ce récit présente d'évidentes similitudes avec le conte philosophique dont il emprunte la légèreté de ton et le sérieux des problèmes qu'il agite.

• Dino Buzzati : *Le K*, 1966, éd. Robert Lafont, trad. française, 1967

Ce recueil de contes et nouvelles offre un bon exemple de la postérité du conte philosophique à l'époque contemporaine. Derrière de courts récits, souvent à caractère fantastique, sont évoqués des sujets graves qui rappellent parfois Voltaire : le mal, la mort, le hasard, l'ironie du sort et l'absurdité.

Voir

• Ludwig Berger, Michaël Powell, Tim Whelan, *Le Voleur de Bagdad*, 1940

Le film inspiré des Mille et Une Nuits, *reconstitue l'univers merveilleux des contes orientaux, avec décors, intrigues et rebondissements. Beaucoup d'autres films de la même époque s'inspirent des mêmes sources avec, pour principaux soucis, la splendeur des décors et le caractère romanesque du scénario.*

• Claude-Jean Bonnardot, *Les Aventures de Zadig*, téléfilm, 1970

Dans ce téléfilm, Claude-Jean Bonnardot adapte les aventures de Zadig, en costumes du XVIIIe *siècle dans un décor oriental, avec une petite surprise au générique : dans le rôle principal, Gérard Depardieu, dont c'était une des toutes premières apparitions à la télévision… Téléfilm consultable sur le site www.ina.fr*

• Roberto Benigni, *La Vie est belle*, 1998

Ce film, audacieux dans son projet, très discuté à sa sortie, traite d'un sujet tragique, la Shoah, sur le mode de la comédie. Commencé selon le modèle implicite du conte de fée, auquel font référence plusieurs indices dans la première moitié, il bascule progressivement dans l'horreur sans perdre son caractère de fable à la fois morale et philosophique.

Table des illustrations

Conception graphique : Julie Lannes
Design de couverture : Denis Hoch
Recherche iconographique : Claire Balladur
Mise en page : ScienTech Livre
Édition : Valérie Antoni
Fabrication : Jacques Lannoy

COLLÈGE

22 *3 contes sur la curiosité*
40 *3 meurtres en chambre close*
44 *4 contes de sorcières*
5 *4 fabliaux du Moyen Âge*
27 *4 nouvelles réalistes sur l'argent*
64 *Ali Baba et les quarante voleurs*
81 *Anthologie du slam*
73 **Balzac**, *Adieu*
84 **Boccace**, *Décaméron*
74 **Chrétien de Troyes**, *Yvain, le Chevalier au lion*
51 **Courteline**, *Le gendarme est sans pitié*
38 **Dumas**, *Les Frères corses*
1 **Homère**, *L'Odyssée*
71 **Feydeau**, *Le Fil à la patte*
67 **Gautier**, *La Morte amoureuse*
80 **Hugo**, *Claude Gueux*
83 **Hugo**, *Cosette, une enfance malheureuse*
29 **Hugo**, *Le Dernier Jour d'un condamné*
4 *La Farce du cuvier*
26 *La Folie dans les nouvelles fantastiques*
2 *Le Loup dans les fables*
3 **Leprince de Beaumont**, *La Belle et la Bête*
37 *Le Roman de Renart*
41 *Les Textes fondateurs*
86 *Lettres de poilus 1914-1918*
10 **Maupassant**, *Boule de Suif*
43 **Maupassant**, *4 nouvelles normandes*
62 **Mérimée**, *Carmen*
11 **Mérimée**, *La Vénus d'Ille*
68 **Molière**, *George Dandin*
7 **Molière**, *L'Avare*
76 **Molière**, *L'École des femmes*
23 **Molière**, *Le Bourgeois gentilhomme*
58 **Molière**, *Le Malade imaginaire*
70 **Molière**, *Le Médecin malgré lui*
52 **Molière**, *Le Sicilien*
36 **Molière**, *Les Fourberies de Scapin*
28 **Musset**, *Il ne faut jurer de rien*
6 **Nicodème**, *Wiggins et le Perroquet muet*
21 **Noguès**, *Le Faucon déniché*
59 **Perrault**, *3 contes*
8 **Pouchkine**, *La Dame de Pique*
39 **Rostand**, *Cyrano de Bergerac*
9 **Stevenson**, *Dr. Jekyll et Mr. Hyde*
24 **Simenon**, *L'Affaire Saint-Fiacre*
54 **Tolstoï**, *Enfance*
65 *Tristan et Iseut*
61 **Verne**, *Un hivernage dans les glaces*
25 **Voltaire**, *Le Monde comme il va*
17 **Voltaire**, *Micromégas*
42 **Zweig**, *Le Joueur d'échecs*
53 **Zola**, *Nantas*
87 **Zola**, *Amour et mariage au XIXe siècle*

LYCÉE

85 **APOLLINAIRE**, *Alcools*
33 **BALZAC**, *Gobseck*
60 **BALZAC**, *L'Auberge rouge*
47 **BALZAC**, *La Duchesse de Langeais*
18 **BALZAC**, *Le Chef d'œuvre inconnu*
72 **BALZAC**, *Pierre Grassou*
32 **BEAUMARCHAIS**, *Le Mariage de Figaro*
20 **CORNEILLE**, *Le Cid*
78 **CORNEILLE**, *Médée*
56 **FLAUBERT**, *Un cœur simple*
77 **HUGO**, *Les Contemplations : Pauca Meae*
49 **HUGO**, *Ruy Blas*
31 *L'Encyclopédie*
75 *L'Homme en débat au* XVIIIe *siècle*
48 **MARIVAUX**, *L'Île des esclaves*
57 **MARIVAUX**, *Les Acteurs de bonne foi*
19 **MAUPASSANT**, *La Maison Tellier*
69 **MAUPASSANT**, *Une partie de campagne*
55 **MOLIÈRE**, *Amphitryon*
15 **MOLIÈRE**, *Dom Juan*
79 **MOLIÈRE**, *Le Misanthrope*
35 **MOLIÈRE**, *Le Tartuffe*
63 **MUSSET**, *Les Caprices de Marianne*
14 **MUSSET**, *On ne badine pas avec l'amour*
82 *Nouvelles réalistes et naturalistes*
46 **RACINE**, *Andromaque*
66 **RACINE**, *Britannicus*
30 **RACINE**, *Phèdre*
13 **RIMBAUD**, *Illuminations*
50 **VERLAINE**, *Fêtes galantes et romances sans paroles*
45 **VOLTAIRE**, *Candide*
88 **VOLTAIRE**, *Zadig*

MIXTE
Papier issu de sources responsables
FSC® C022030

N° édition : 10232811 - Dépôt légal : janvier 2017
Imprimé en France par la Nouvelle Imprimerie Laballery - N° 612198

La Nouvelle Imprimerie Laballery est titulaire de la marque Imprim'Vert®